TopBook

一个人，遇见一本书　　饕书客

TopBook
馨书客

雪日

永井荷风的散文

雪の日

永井荷风 著
杨晓钟 曹珺红 等译

陕西出版传媒集团
陕西人民出版社

图书在版编目(CIP)数据

雪日/（日）永井荷风著；杨晓钟,曹珺红等译.—西安：陕西人民出版社，2014

ISBN 978-7-224-11106-4

Ⅰ.①雪… Ⅱ.①永… ②杨… ③曹 Ⅲ.①散文集-日本-现代 Ⅵ.①I313.65

中国版本图书馆CIP数据核字（2014）第078709号

出 品 人：惠西平

总 策 划：宋亚萍

特约编辑：鲁小山

策划编辑：关 宁 韩 琳

责任编辑：王 倩 王 凌

整体设计：哲 峰

雪 日

作　　者 〔日〕永井荷风

译　　者 杨晓钟 曹珺红等

出版发行 陕西出版传媒集团 陕西人民出版社

(西安北大街147号 邮编：710003)

印　　刷 西安市建明工贸有限责任公司

开　　本 787mm×1092mm 32开 5.75印张 1插页

字　　数 160千字

版　　次 2015年3月第1版 2019年8月第3次印刷

书　　号 ISBN 978—7—224—11106—4

定　　价 22.80元

关于永井荷风

——写在《雪日》前

杨晓钟

永井荷风（1879—1959)是日本新浪漫派代表作家，本名壮吉，别号断肠亭主人、石南居士等。1952年获政府颁发的日本文化勋章。1954年被推选为艺术院会员。他的文字华丽、细腻，有着日本文学传统的美感，虽然被人指责为“颓废”、“耽于享乐主义”，但其唯美和哀情的风格确实无与伦比。

永井荷风1879 年出生于东京，从小对文学艺术就有浓厚的兴趣。1903年，荷风留学美国，又转道法国旅行。1908 年归国后，陆续写了以国外见闻为题材的《美国故事》和《法国故事》，以明治知识分子的眼光表现了美国和法国。之后荷风出任庆应义塾大学教授并主办了日本唯美派杂志《三田文学》。1916年，他辞去教授和杂志编辑的工作，开始了长时间的隐居生活，1959年在无人知晓的情况下死于独居的陋巷。

永井荷风的文学创作始于1901 年。1902 年他在《饶舌》创刊号上撰文介绍左拉，并发表《野心》、《地狱之花》、《梦中女》、《女戏子》等，积极批判社会。这可以算作荷风创作的第一个时期。

1910年，日本发生了旨在镇压社会主义运动的“幸德秋水事件”（也叫“大逆事件”），之后,荷风对社会批判的文学作品已不多见,转而对人生抱着消极态度，追怀过去，转向享乐。他的创作开创了日本的新浪漫派文学。中篇小说《掰腕子》《五叶箬》《梅雨前后》《縲东绮谭》等，充满江户情趣和享乐主义的色彩。

永井荷风的作品还有明显的怀古倾向，代表作《隅田川》就是永井荷风创作的最具古典风格的小说，主要人物长吉、阿丝及萝月的形象与残留着江户情调的隅田川畔的自然风光融为一体，创造出了一个完整的艺术意境。长吉的感情和心理与作者青年时代的感情和心理是重合的。永井荷风将自己所追求的理想、完美的江户时代的艺术情趣寄予隅田川，以此寄托自己的怀古幽思。

荷风一生，从不属于当时任何的团体组织，也不在乎世俗潮流，随心所欲地漫步在自己喜欢的路上，过着自得其乐又令人向往的生活。而这其中四十三年的岁月，就被他仔细地记录在了《断肠亭日记》中。那既是用严肃的文言体创作而成的日记文学杰作，亦是以荷风这个珍奇的人物为主人公的传奇故事。

他用一生证明了他是一位坚持自己思想、维护自己个性独特的作家。在艺术上，荷风所代表的日本唯美主义的文学作品克服了自然主义平板单调的缺点；贯穿其作品的主题，是那种烂熟之极而无所追求的颓废，清新雅丽、哀愁惆怅，流露出缠绵悱恻的情调。

《雪日》一书，择取了最能代表永井荷风创作风格的27篇散文，汇成一集，以飨读者。

目录

雪日

天空阴沉沉的，没有一丝风，但却比从富士山上吹来寒风的日子还要冷，是那种透彻心扉的寒。虽然腿一直捂在被炉[①]里，小腹还是被丝丝寒气渗得隐隐作痛。只要是这种天气，一般持续一两天后，小雪就会在傍晚时分，无声无息地降临人间。每当这时，巷子里就会传来女人们“下雪啦，下雪啦”的呼喊声，木屐踩在水沟棚板上的脚步声就会急促起来。也许是心情使然，就连街上卖豆腐的叫卖声也似乎因为这小雪而听上去显得悠远、绵长了。

雪，总能勾起我关于东京明治时期的一些记忆，那个没有电车、汽车的年代，让我难以割舍。东京的雪，有着日本其他地方所没有的韵味，即便是跟巴黎、伦敦这些城市相比，也是别具风情。巴黎的雪会让人想到意大利作曲家普契尼的《波希

① 类似于在炕桌上铺上被子的一种取暖用具。

米亚人》。而东京的雪则会让人想起那首家喻户晓的歌泽调[①]，《藏锦衣》。

藏锦衣，牵广袖，今夜可停留

倚窗棂，凭栏望

漫天雪纷飞

每逢下雪的日子，我总是情不自禁地想要低声吟唱它。的确，作者用精练的语言，把女子含情脉脉地借纷纷雪花来挽留情郎的场景刻画得入木三分，颇具画面感，引人遐思。如果把喜多川歌麻吕[②]的《青楼年中行事》中的画作配在“今夜可停留”旁的话，相信大家更能同我产生共鸣。

为永春水的小说《辰巳园》中，有一段描写的是主人公丹次郎去深川探望久别的旧情人仇吉。昔日情人相见，四目相对、唏嘘感慨之际，窗外已暮色渐起，且飘起了纷纷扬扬的雪花。丹次郎的归途受阻，真不知该感叹命运的巧合，还是天公的美意。情人间的那种缠绵悱恻在那个飞雪的黄昏氤氲开来。为永春水的另一篇名为《港之花》的小说中的雪景又是另一番意境。小说中有一段是这样的：一个被情人抛弃的女子为了避人耳目，躲在河边的一间破屋里。天寒地冻的下雪天，她因为没钱买木炭生火，只能冻得瑟瑟发抖。正在她暗自垂泪之时，透过漏风的窗纸，竟然发现从眼前经过的那艘小船上的船夫竟是昔日的熟人。于是她强拉下脸面，向其讨要木炭。在作者的

---

① 日本音乐的种类名称。由幕府末期的小曲演变、提炼而成的三弦琴音乐的一种，歌风浑厚淳朴。

② 日本江户后期浮世绘画师。以美人画风靡于浮世绘版画界。首创大美人头像，结构优美，具有造型性。

描写中，那纷飞降临在世间的雪，就像三弦琴发出的苦涩音律，总能让人感到丝丝悲苦，饱含着哀怨。

我的小说《隅田川》，大概创作于明治四十一二年。记得那时同发小井上哑哑相约去向岛赏梅，虽然时节尚早，却并没有影响我们的兴致。在百花园稍事休息后，我们便踏上了返回东京的归程，当抵达言问站时，隅田川上已是雾霭蒸腾，透过水雾望去，遥见对岸已然灯火阑珊。正在出神之际，天空中洋洋洒洒地飘下片片雪花。

细雪纷飞之中，我突然觉得自己已然化身为歌舞伎第二幕中的人物一般。又像是刚听完净琉璃[①]，只觉柔情涌动。我和井上君就像商量好的一样，一起注视着细雪中的江水，一动不动。

这时，突然入耳的女声唤醒了我们。循声望去，原来是长命寺边一间茶屋的老板娘，正在收拾屋檐下长凳上的烟具，她身后的屋里也已点亮了灯。

井上君唤老板娘道："我们想在你这喝两盅，要是嫌太晚的话，就简单给我们来瓶酒吧。"只见老板娘取下头上的布手巾，边招呼我们进屋，边铺好坐垫客气地说道："小小店铺，也没什么像样的酒菜。"坐定后，我才看清老板娘是位年近三十，小个头的干练女子。

送上烤海苔后，老板娘又端来温好的酒，并关切地问道："房间冷吗？"直到为我们安置好被炉，她这才放心地退下。

① 日本传统音乐中的一种说唱艺术。江户时代同耍木偶相结合，作为偶人净琉璃而得到发展。

她的热情和善解人意，丝毫不会让人感到别扭或不安。这样的待客之道在当时并不稀奇，但如今回想起来，那种人情世故，连同那曾经的街市都已是梦中黄花，可遇而不可求了。正可谓：逝去的难以挽回，留下的只有午夜梦回的感伤罢了。

这时，井上君自斟自饮地端起酒杯，看着我赋诗道：

大雪纷飞日，袖手旁观时。

显然他是在责备我不与之共饮，我便笑着回道：

古来傲雪醉狂士，今夜独坐赏雪人。

这时，老板娘正好来送温好的酒，我便问她可还有渡船，得知已没有渡船，但到晚上七点为止都有汽船，我不禁想要吟唱道：

无舟踏雪觅雪国，有舟扬帆细雪中。

归家方舟不足惜，千古傲雪独一时。

那时，我喜欢随身带个小本子，把所见所感都记在上面。只是后来，它也没逃过和其他废纸捆成一捆，被投入江中的命运。所以，每逢空中飘着雪花，每当我想起那个雪夜，脑海中隐隐浮现出的总是那个年代特有的浓厚的人情味，以及早逝友人的面影。

每当天气乍寒，似要飘雪时，我都会想起那只常飞到位于我家牛込区大久保的庭院中的黑色野鸽。

记得在父亲辞世后，我和母亲两人住在牛込区大久保空荡荡的大宅里。每到冬日最冷的时节，都会有一只野鸽不期而至，停歇在院子里。母亲看到后，就会念叨道："野鸽来了，该下雪了。"至于到底有没有下雪，我已记不大清了，只是每到冬日，就有野鸽前来庭院拜访的记忆却一直盘踞在我的脑海中。大雪将至的冬日傍晚，胸中总会充斥着莫名的落寞与寂寥。这种忧虑的心情并非一两日就能治愈，时至今日，那种莫名的悲伤还会被轻易唤起。

那之后又过了三四年，我变卖了牛込区的家宅，过起了四处租房，不断搬家的漂泊生活。直至我搬到麻布区，才算尘埃落定，在这里度过了近三十个春秋。如今，不只是母亲，我亲近的人们已无一人在世。世间充满了陌生的面孔、令人费解的争论、听不惯的语言和声响。然而，唯有那野鸽飞临我在牛込区旧宅时那飞雪降临前阴沉沉的天空却一如往昔，及至今日，仍让我卧室的窗户也常呈现出那种朦胧的灰色。

我不禁想起那只野鸽，不知它是否还和从前一样，在古老的庭院里，踩着青苔漫步……恍然间，我仿佛跨越了时空，又回到了从前，昔日里的一切都栩栩如生地呈现在眼前，连母亲“野鸽来了，该下雪了”的念叨声也时时回响在耳畔。

回忆总能把人带入梦境，却终究是雾里看花，水中望月，空欢喜一场罢了。梦醒后反而让人陷入绝望与悔恨的深渊，难以自拔。所以说，回忆是个让人喜忧参半且蒙着面纱的女神。

我即将步入古稀之年，在变成遭人厌弃的老头儿之前，我还得继续活着。事实上，我不愿活那么久。可如果说当我今夜入眠后，将再也醒不过来的话，我又定会颇感惊惧与忧伤吧。

我不愿活着继续受罪，却也不愿立即死去。生和死这一哲学问题，日夜盘旋在我脑海中，不明不灭，不消不散。而我的心情却也是不阴不晴，就像雪日的黄昏，静静等待夜幕的降临。

太阳总会落山，生命也终有尽头。所以，死也是迟早的事情。回想这一生，最让我恋恋不舍的是笼罩在周身的孤寂。因为孤寂，我的人生才有了淡淡的色彩。如果哪一天我离开这个人世，希望我死后的生活也是有色彩的，即使色泽稀薄，却也是美好的。每当这样想的时候，就觉得自己能在奈何桥畔再次遇到曾经相恋的女子，抑或分手后相忘于江湖的女子们。

哎，也许就连死后，我也要像活着的时候一样，和意中人相逢后，却面临再次分离，终将饱受离别之苦吧……

回想起来，那时候，从两国桥的下游到旧米泽町河岸的这一段，药研堀还保留着江户时期画作上的风貌。东京著名的一钱蒸汽[1]的码头上，通常都会停泊着开往浦安的大型汽船，有时甚至会有两三艘。

我那时跟随师父朝寐坊学习单口相声刚一年多，每晚都辗转于市内的各个曲艺剧场。那年正月的下半月，师父的表演场地定在了深川高桥附近常盘町的常盘亭。

每天下午，我都会去位于下谷御徒町的师父家，帮忙干些杂活，四点一过便出发前去剧场的后台。时间一到，不管垫场演员是否到场，后台便会准时响起“咚咚咚”的鼓声。在门口负责接待的男子，用从丹田中发出的浑厚声音吆喝着：“欢迎光临！欢迎光临！”我则负责从账房引来火种，在后台和舞台上的火盆中生火。然后就是等待艺人们到场了。

---

① 第二次世界大战前，在东京隅田川上定期航行的小型客船。

那时，从下谷到深川，能够乘坐的交通工具只有通往柳原的红马车和走水路的一钱汽船。在正月这个一年中日头最短，也最为寒冷的时段，我每日从两国码头上船，坐到新大桥上岸，等走到六间堀的小巷时，浓浓的暮霭已经笼罩了这座河边小镇。路两旁的住家，也早已点亮了灯火，小巷中弥漫着晾晒过鱼虾后的腥气。走过木桥的人们发出的木屐敲击桥面的"啌啌"声响，似乎在诉说着这个边城小镇的清冷和凄寂。

我忘不了那夜的大雪。记得当天下午在两国码头等待汽船去剧场时，风中就夹杂着细细的雪末，吹打在脸上让人睁不开眼。艺人们陆续赶到后台时，他们的帽子和外套都已落满了雪花。晚上九点半散场后，我把师父送上车，安顿好后，往大街上一看，天哪，这俨然是个银装素裹的世界，而街上已空无一人。

负责打鼓的小伙儿跟我不同路，每晚我都跟在伴奏席弹三弦琴的姑娘一起回家。她看起来也就十六七岁的模样，立花家橘之助的弟弟告诉我她家在佐竹原一带，遗憾的是我已记不得她的名字了。我们结伴而行，出了安宅藏，经过两国桥，在和泉桥附近分道扬镳。接下来，从柳原到神田，再到番町父母家的这一段路，我只能拖着疲惫的步伐孤零零地走完，由于到家已是深夜，我一般都会从后门悄悄潜入。

由于每晚都和她结伴而行，我渐渐喜欢上了本所这个地方。这一带多寺院和仓库，本应感到寂寥的街道，却因为我们两人一起走在上面而觉得温馨不已。尤其是在月色朦胧的夜晚，这里分外美丽。一边走过小桥流水，一边目送成群的大雁。当然，也有倒霉的时候，譬如被某家的恶犬吠个不停，抑或被形迹可疑的男人一路尾随，让我们跑到头晕气短。直到看见小吃店的灯光，才总算松了一口气。在店里，小豆汤和砂锅是必点之物。食物真是好东西，在充饥的同时，也抚平了我们的惊慌。吃罢，怀里揣着热乎乎的大福饼和烤红薯的我们再次出发，不知不觉间就到了两国桥，这也是我们每晚的必经之路。有趣的是，我们一个是二十一二岁的小伙儿，一个是十六七岁的姑娘，在深更半夜由于寒气和孤寂而依偎前行，却从未遭到巡查的拦截或盘问。显然，明治、大正时期的社会风气和当下的世风是截然不同的。那时，社会上的猜忌、攀比之风远没有如今这般盛行。

那晚，我和姑娘像往常一样同行，不想才走出两三步，木屐齿间就被雪塞实了。狂风吹得人拿不住伞，纷飞的雪花很快就濡湿了脸庞和衣襟。那个年代，年轻的小伙儿和姑娘是没有条件穿和服外套、大衣，或戴手套、围巾这些东西的。穷人家的姑娘比男孩子更能适应这种恶劣的天气，只见她麻利地卷起和服下摆，脱下木屐提在手上，穿着布袜子就出发了。走了没一会儿我们发现，不管是撑一把伞还是两把伞，其结果都是被雪淋湿，索性两人撑起了一把伞。我们一起握着竹伞柄，穿行在路边人家的屋檐之下。终于，伊予桥和大桥都出现在了视线之内。不想就在这时，她突然绊倒，双膝跪在地上，久久不能起来。我想要扶她起来，却也并非易事，好不容易把她搀了起来，却见她又东摇西晃地似要摔倒。估计是她那只穿了布袜的双脚此时早已冻得失去知觉了吧。

天色渐渐暗了下来，风雪却依旧猛烈，举目四望，遥见一家荞麦面馆的灯光在暴风雪中时隐时现，这让我们喜出望外。一碗热气腾腾的乌冬面，让她的面颊立即恢复了血色。平日不饮酒的我，为了抵御寒气，竟喝下一升温热的酒。酒足饭饱之后，我们再次踏入了风雪的世界。夜路更加难走，更要命的是，我不胜酒力，醉意渐浓。原先握着姑娘手指的手不知不觉间已经搭在了她的肩头。我们两人搀扶着前行，头此时挨得更近了，几乎能触到彼此的鼻息。我头晕目眩，感觉耳边像有位艺人正在兴高采烈地表演，但已经完全不明就里，也不辨东西了。正在我神思恍然、左摇右晃之际，脚下被什么一绊，便重重地摔倒在地，半天都没缓过神来。姑娘费了九牛二虎之力，终于把我扶了起来。低头一看，我木屐上的带子被刚才那一绊给生生地挣断了。这时我才留意到，我们所在地方的路两旁堆放着许多竹子和木材，我们俩便钻入其间。只见这里既背风也无雪，从被雪光照亮的道路上，也完全看不到，真可谓是别有洞天。平日里总是担心回去晚了，会受继母责备的姑娘，这时也好像松了一口气，开始整理起被风雪打湿的发髻和衣襟。而此时我已醉得顾不得思前想后，只感到一股热气不断往胸口上涌，于是在这番别样的天地里，我们很自然地上演了一出风花雪月的故事。

第二天，只见街头四处出现了许多雪人，还有一座座的雪山。我知道，不出几日，这些雪人、雪山便会渐渐融化，直至消失得踪迹全无。街道会再次变得干爽，一如往常般地尘土飞扬。

10

转瞬间，寒冷的正月已经逝去，迎来了渐渐转暖的二月。师父朝寐坊的表演场地也由常盘亭转至小石川的指谷町。而与我同行的姑娘也在这个月辞去了伴奏的工作，听说是要去别处登台表演了。自此，我们再也没有结伴同行过。

我原本就不知道她的芳名，关于她家的位置，也只知道就在佐竹那一带。终于，那个雪夜里的一切，都随着那易逝的冰雪，消融殆尽了。

泪流在我心里，
雨在城上淅沥。①

这是魏尔伦的经典诗句之一，我不禁想要模仿他的句子，来表达我此刻的心情。

雪在城上飘散，
愁在我心堆积。
抑或是
雪在城上消融，
思念在心消散。
……

(译者：牟倩　杨晓钟)

① 出自法国诗人魏尔伦的《泪流在我心里》。梁宗岱译，梁宗岱文集: III 译诗卷[Z]. 北京: 中央编译出版社。

晴日木屐

我除了个子比一般人高，还常常爱穿着木屐，拿着洋伞漫步。不管天气如何晴好，没有木屐和洋伞，我便无法安心。东京气候太过潮湿，天气说变就变，根本靠不住。人们总说男人的心，就像秋天的云一般多变，看来变化无常的也并非只有政府的决策。春天赏花时，明明上午还是晴空万里，下午两三点必然刮起风来，傍晚，雨就来了。梅雨季节就不用说了，到了三伏天，更是不知何时暴雨会不期而至。在古典小说中，多变的天气和不期而至的大雨，往往成为才子佳人们私订终身的绝好时机。即使在今天，也有不少人借着剧院散场时突然的大雨，顺理成章地钻进车里，于无人处上演一出出情意缠绵的好戏。其实，说起木屐的作用，倒也不完全是为了防备突然下起的雨，晴好天气持续的冬日里，我可以放心地穿着木屐走在解冻后一片泥泞的山手红土地上。虽然铺着水泥，但溅上水沟里的水一样泥泞不堪的银座日本桥的大路，有了木屐，我便能走得从容自在。

于是，我便穿着木屐、拿着洋伞游走于东京街头。

在市区漫步是我孩童时代就喜欢的事。十三四岁时，我家曾一度从小石川搬到了鞠町永田町的官舍。那时当然还没有电车。我要去神田锦町的私立外语学校上学，要穿过半藏御门，经过吹上御苑后面、老松林立的代官町，看着路两侧高高的石垣和深深的沟渠，走过竹桥，沿着平川口御城门，过去的御捣屋、今天的文部省，就到了一桥。这条路说远不远，但途中的乐趣却让我乐此不疲。宫内省后门斜对面的兵营河堤的半坡上，有一棵高大的朴树。树荫下的河堤路旁有一口井，不论冬夏，卖甜米酒的、卖大福饼的、卖油炸豆腐寿司的，还有卖肉桂甜汤的，都会在这里摆着摊，等着过往的行人。有时人力车夫和赶脚人都会在这里歇一歇脚，人多时会有五六人同时在这里吃饭。御城内代官町的路是个坡道，从竹桥过来是上坡。走路的人可能没什么感觉，但拉车的人都很清楚，这里正好是中途可以歇脚的地方。东京的地势便是这样向鞠町四谷方向逐渐升高。夏天最热的时候，我从学校回来的路上，会和车夫们一起，在这井里绞一把毛巾、擦擦汗，再登上河堤，在朴树下休息一会儿。当时河堤上已经立着一块“禁止攀登”的牌子，但我还是会爬上去，隔着河沟眺望远处。不仅是这里，从牛入小石川高台上的松树下看到的东京市区，也同样美不胜收。

从锦町回家的路上，我有时会绕道樱田御门，有时会去九段坂，不为别的，就是为了看看不同的风景。但是一年后，当周围的风景都看厌了的时候，我家又搬回了小石川的旧宅。那年夏天开始，我要去两国的水练场上学，必须经过繁华的下町和大川，这又激起了我非同一般的兴趣。

时至今日，在东京市内的漫步，对我而言，已经成为我回顾迄今为止人生的追忆之路。在漫步的过程中，看到市区的名胜古迹随着城市开发的进程不断消失，这也给我的漫步平添了几许遗憾和悲凉。如果你想体会近代文学颓废的诗情，不用远赴埃及或是意大利，没有比漫步现在的东京更能让人感伤的了。今天路过的寺院山门，昨日休憩过的路旁大树，下次再来时不是变成住宅，就是成为工厂。虽然这寺院我并不熟悉，大树也并非数百年的老树，但一想到这些，我仍然不由得感到悲伤。

其实，说起来江户倒也没有什么了不得的风景或建筑。宝晋斋其角在《类柑子》中说“隅田川绵延不绝地流过，但没有群山陪衬，比起加茂川和桂川就逊色不少。目黑区的山坡虽然也有几分雅趣，但却没有流水的衬托，因此永远也不会像嵯峨那般风情万种。东京的王子没有宇治的运木材的船那样可供一看的山川或岛屿，护国寺的景致虽与吉野格外相似，一眼望去，千株樱花如雪，但同样少了流水。东京佃岛的住吉神社比起大阪的住吉大社来，岸上少了不少松树，拱桥的弧度也欠缺几分优美。东京的东宰府天满宫徒有宰府之名，染川之色只可晾雨衣，思河可依靠之处满是垃圾。说起那府楼观音寺里的唐代绘画和赤裸的四角方钟，还有报恩寺里的白色的屋瓦，仿佛屏风一般立在眼前。树林稀薄，梅树未红，赶着三月末的紫藤在回廊设宴，心却已经不能停留在原野了……如是云云”。按宝晋斋所言，江户名胜中，堪称完美的只有晴空下的富士而已。这是个中肯的评价。江户的风景名胜的确没有一处可以比得上京都、奈良，但是，江户自有其都市特有的风景。对于江户土生土长的人来说，自有其独特的吸引力。这一点，从已出版的众多有关江户名胜的指南、狂歌集以及绘本就能看出来。太平盛世里，不论武士还是普通市民都爱游山玩水。赏花、观景、寻访古迹作为风雅之举一直备受推崇。即使是那些对名胜古迹不太感兴趣的人，也免不了附庸风雅。狂歌全盛的天明时代之后，游山玩水成为江户人最爱。要对江户名胜产生兴趣，必须有江户轻文学的素养，进一步说，就是必须具备通俗小说作者的脾性。

我爱穿着木屐在市区漫步虽有江户轻文学的影响，但不能否认其中也有兴趣主义爱好的影响。1905年，巴黎的一位记者安德莱打算以戏剧的角度观察世间百态，于是他游走法国各地的城市古迹，并将所见所闻写成报道，以En Flanant为题发表。当时的评论家博鲁德尔便利用这篇报道抨击兴趣主义爱好。当然本文并不打算详细介绍此事，我只想说明，游走于市区并对当世的社会百态以及过去的历史遗迹感兴趣的并不止我一个。作为一个欧洲人，安德莱并不像我这样消极避世，但这也是由于各国的国情不同。他并非别无所长、百无聊赖之下才去漫步的，而是有意为之。我却不同，我并没有什么责任或义务，我只是个避世隐居之人。日复一日，我考虑的只是如何能够不抛头露面，不花费金钱，也不需要同伴就能够一个人悠闲随意地生活下去。而我思索的结果之一便是游走在这个城市中。

法国的小说中，常有那些没落的贵族，靠着微薄的遗产勉强度日，一生中既不与人交往，也从无任何值得一提的事迹，就这样庸庸碌碌过完一生。这样的人就算是想要求取些功名也无相应的财力与门路。于是只好每日靠画画、钓鱼、在墓地散步这样不需花费金钱的爱好度日。我虽然和他们境况不同，但却有和他们相同的行为和感慨。与已经十分发达的欧洲国家不同，现在的日本，无论有无资本，只要你愿意，能做的事太多。纠结起一帮男男女女，打着艺术的旗号，演几场戏，自然有观众来捧场。只要你贴出征稿启事，引得那些乡村中学虚荣的学生们竞相投稿，于是一份文学杂志就这么办起来了。打着慈善和教育的旗号，胁迫些艺人来演出，强行售卖门票，自然财源滚滚。更不乏有些投机者，从对富豪的人身攻击开始赚取些名声，一有了钱就瞅准时机扮作绅士作作秀，于是摇身一变成了国会议员。这就是现在的日本，只要你想做恐怕没有做不成的事。而那些不耻与此为伍的人，便只好自己退让到一边去。就像坐电车时，明明赶时间却不小心坐过了站，这时必须不顾体面、不顾形象地左冲右突、务必挤下车去。而没有这个勇气的人，与其徒劳地等待空车，还不如选择走路。虽然慢，但走在那些不通汽车的胡同小巷，或是还没有被拆迁改造的街道上，自然别有一番体会。在这个城市里，出行并不是非乘电车不可。只要你不嫌慢，有的是能悠哉漫步的街道。其实生活也是如此。并不是非要像美国人一样，整日拼命努力。只要你没有留着胡子穿着西装去乡下愚弄威胁村人的野心，也不是谁谁谁的朋友、前辈或是干爹、身无长物、没有什么值得别人阿谀奉承的，那自然有很多方法可以过上悠闲自在的生活。就算是做个走街串巷的小贩，在背街小巷默默地卖零食，也好过留着胡子穿着西装鹦鹉学舌般模仿医生卖假药。现在的小贩们，往往扮作穷学生的模样，大模大样地走进人家院子，拉开大门，大声地招呼女主人。这已经不是推销而几近威胁敲诈了。以前的小贩，只会穿着草鞋、戴着草帽，叫卖着龙虱、水蜡树虫、箱根的山椒鱼或是越中富士的千金丹。秋日的傍晚或是冬日的清晨，听到这样的叫卖声往往觉得悲凉。

因此我的东京漫步目的并非称赞这个城市的壮美或讨论其审美价值，当然也不是寻访江户古迹，呼吁保护遗迹。其实现代人所谓的保护古迹往往便是对古迹风貌的最大损害。在古寺神社周围拉起铁链、竖起“禁止××”的牌子也就算了，最可怕的就是以修缮古迹为名的施工，往往就是对古迹的完全破坏。这样的例子实在举不胜举了。因此，我只是毫无目的地漫步，想起什么就写什么。与其在家里看着老婆那张歇斯底里的脸，或是被报社杂志的记者逮到，不得不听他们聊些有的没的，我宁可出来走走。于是，一有空，我就不住脚地、慢悠悠地、毫无目的地走在路上。

如果非要给我这毫无目的地漫步找出点儿像样的理由，那就是拿着洋伞、踩着木屐，走在偶尔保留下来的、市区改造前的旧街道上，或是在寺庙众多的山手地区里，仰望小巷里的树丛，或是站在沟渠旁，看着不知名的小桥。这种时候，周围凋零萧条的景象不知怎么就契合了我的心情，使我久久不愿离去。这种无用的感慨却最能让我高兴。

其实说起衰败的景象，有很多诗歌便是描述那些曾经的宫殿或城池。比如“太掖勾陈处处疑，薄暮毁垣春雨里”；“炀帝春游古城在，坏宫芳草满人家”。

可是我整日踩着木屐踏遍的遗址废园只有我一人感兴趣。它们景色平凡，很难说出特点，却是我喜爱的。比如炮兵工厂墙后一侧，下到小石川的富坂尽头，左边有一条河沟。沿着河沟的方向拐过去便是一条小巷。小巷曲折迂回，巷子两旁低矮的房屋一家挨着一家，没有刷了油漆的招牌，也没有西洋式的玻璃窗，除了冰店的招牌偶尔一闪，整个巷子里什么动静也没有，只有一家家裁缝店、点心店、灯笼店沿袭着古老的职业，静静地立在那里。在新建街区的楼门口，常常能看到某某商会、某某事务所的招牌。这些花里胡哨的招牌只能让人对这些新时代企业感到强烈的不安。看到破旧巷子里仍旧过着过去贫苦生活的老人，人们在同情与悲哀的同时，也会不由自主地尊敬他们。再深一步想，也许他们家里就有一个正当妙龄的少女，被迫卖身做了艺伎。从这件事，我不由想到日本自古以来的忠孝思想和人身买卖习惯的关系，以及这些陋习对现代社会的影响。

前些日子经过麻布网代町的小巷时，炎热的风卷着些电影和杂技场的传单，飘来飞去。在一家制冰店门前向里望，就看到一个十五六岁的少女，正在练习清元小调，于是我不由得悄悄停下了脚步。我一边惊讶如今的世道还有人练习江户小调，一边又感到不可思议，这样哀愁的曲子竟然打动了我。说到底，像我这样的人，会悄悄走过小巷，会因为一个小姑娘弹奏的三味线而感动，但却无法接受这世界的新思想。这哀愁的小调想来也不会适合在五光十色的霓虹灯下演出。我的感受、爱好与思想，除非有外力改变我的境况，否则只会让我越来越顽固偏执，最终被社会抛弃。我也想要反省自己，但同时又会担心自己的性情最终会变成怎样，索性放弃自己，对于虚幻而又变幻无常的未来有一种充满讽刺意味的好奇心。就像那首歌里唱的："泪水弄脏了搽着粉的脸，喝了酒也无处可藏。"每次听到这一句，我的心里都有种特别的感觉。正想到这儿，我被身后的汽车喇叭惊醒，狼狈地逃入阳光照不到的小巷里，继续我慢悠悠的漫步。这里，能看到我的兴趣与痛苦、我的得意与悲哀。

(译者：吴震)

畦道

从国府台，经中山到船桥一带，分布着松林茂密的丘陵。广阔的平原顺着丘陵的方向伸展开去，高高低低，起起伏伏，给原本单调的景色带来了许多变化，足以引发画家创作的兴致。

自从移居市川之后，我几乎每天都会徜徉于乡间小道，游走在远离村庄的松林、荒野中，时而抬头仰望蔚蓝的天空与洁白的云朵，时而聆听微风与小鸟的情话，在昼长夜短的初夏的日子里，常常流连忘返。

然而，我所醉心的这些景致，并不是那种特别值得向人推荐的，因为它们不是所谓的名胜名景。比如：穿流于林间小道旁的溪流上，有一座腐朽不堪的小桥，桥下边，女子在清洗蔬菜；农家的庭院里，两三个农妇沐浴着秋日的阳光，在席子上晾晒着种子，雁来红寂寥地矗立在一旁；在林间放眼望去，远处的田间，豆子的花朵、蔬菜的叶子被夕阳尽染……如此种种。一句话，都是些乡间随处可见，极为平凡的、乡土气息浓郁而静谧的景色。这些景色一般只会出现在那些初学绘画的学生们的画布上，仅此而已。然而，也许正是因为它们过于平凡，也引发不了热忱的赞美之情，但却犹如隔帘观望不施粉黛的少女般，令我百看不厌，并从中体味到了浓浓的亲切与慰安。

我把自己散步时的所感所思写成文字，寄给了一位身在东京的朋友。之后，这个朋友不但写了回信，一天，他忽然造访而来。

“在那一带的乡间小路上，同样有着我美好的回忆。当时，从法华经寺的后院再往前走，有一个赛马场，不知战后它是否依然存在？”他问道。

“赛马场好像还在吧！只是我会尽量绕开那涂满油漆的房屋以及光秃秃的电线杆（赛马场附近），就像以前去向岛游玩的游客厌恶藏前和钟渊的烟囱，那实在是大煞风景！”我回答道。

“理解，理解！看了你的信，我首先回忆起的也是类似的事情……”

接着，他回忆道：

“那个中山赛马场，我这辈子也只去过一回，那还是在‘二战’前，距今已经有十个年头了。带我去的是我的前妻，她这个人很喜欢赛马。说得准确点，不仅是赛马场，凡是人多热闹的地方，都会有她的身影，比如剧院、舞厅、海滨浴场等等。而恰恰相反，我对赛马、相扑、棒球这些要论个输赢的事情都毫无兴趣，看着都嫌烦。

当时我们新婚不久，她吵嚷着要去看赛马，我想去看看也无妨，就同她一起骑自行车去了。那天风和日丽，阳光暖暖地照在身上，甚至让我觉得在这个蔚蓝的星球上，也许只有日本才会有如此美好的初冬天气吧！虽记不清走过的路，但我们过了江户川后，在貌似国道的柏油马路上行驶了一段，便看到道路的一边是一望无际的水田，另一边是鳞次栉比的人家和绵延的郁郁葱葱的松林。道路拐弯处，突然横空出现了一道缓坡，登上高坡，一片宽广无垠的农田便出现在眼前，农田的尽头，只见朵朵白云横躺在地平线上。从繁闹的东京来到此处，眺望这一片大好风光，顿感心胸开阔、心旷神怡。当我正沉浸于大自然中时，耳边却传来嘈杂的叫喊声，我这才回过神来，原来我们已来到了赛马场门前。进入人声鼎沸的赛马场，一阵急躁便涌上心头，相比之下，我就愈加喜欢那一望无际的农田和葱郁的松林。初冬时分，田地间，白菜、萝卜那柔软的绿叶在阳光下，发出天鹅绒般的光芒。林间茂密的枝头在阳光的照耀下也熠熠生辉。这时，我便幻想，如果这里没有赛马场，岂不堪称人间天堂？！也许正是由于我怀有这样的心情，那天的喜剧也随之悄然拉开了帷幕……

赛马场内外，只见车辆穿梭，尘土飞扬，人头攒动，一片嘈杂。显然，赛马场这不和谐的音符扰乱了美妙的田园之声，那情形让我早已兴致全无，根本无意观看赛马。坐在看台上，我简直如坐针毡，痛不欲生！过了一会儿，妻子遇到了熟人，便随之一起去看赛马了。我已经不忍目睹妻子那狂热于赌博的样子，人声鼎沸的赛马场也使我无法呼吸，于是我便漫无目的地随着嘈杂的人群，走出了赛马场，沿着赛马场的石头围墙旁的一条小路，朝着远处的茅草屋走去。

初冬清澈的天空，万里无云，沐浴在阳光下那高大的树木，美得无以言表！开满山茶花和菊花的篱笆与落满尘土的东京篱笆截然不同，鲜亮如洗，甚是艳丽。农家小院里，面裹毛巾的姑娘们正在捋着稻穗，鸡鸭悠悠地漫步于路旁，破旧的仓库、古朴的水井、横倒的农具……眼前的一切都犹如一幅幅美妙的画卷，昭示着田园的安宁与幸福。我看到一家出售牛奶的商店，房子是茅草屋顶，屋前的柿子树上火红的柿子挂满枝头，树下简单地摆放有竹椅和木台。不远处的树丛中，传来了奶牛的叫声，那里应该是牧场吧！我坐下喝了一杯牛奶，那味道与东京出售的牛奶有着天壤之别，鲜美极了！如果让我选择居家之所，我定会选择这阡陌纵横的乡村而非东京一般的闹市。在这里，可以在草屋的檐下，与麻雀一同沐浴着冬日的阳光，享受阅读的快乐，那该多么惬意！然而这对于我那热衷于赛马和麻将的妻子来说，近乎不可能！我和她结婚前，并不了解对方，只是通过媒妁之言结为夫妻，因此就算性格不合也无可奈何。想到这里，一股惆怅之情不由自主地从我内心里升腾起来。就在我怅然若失地凝视着不远处朴树上飘落的叶子时，一位年轻女子走进了我的视线。只见她大约二十二三岁，一身东京风格的入时洋装打扮，白色毛衣搭配灰色短裙，突显出女性优美的线条，脱下的外套和手提包一并夹在腋下，独自一个人静静地坐在牛奶小铺的椅子上。她喝了一口牛奶，把才抽了几口的香烟扔到地上，狠狠地踩了几脚，显得十分慌乱。我原猜想她是在等同伴，但显然我猜错了，她付了牛奶钱然后就迅速离开了。

我下意识地看了下手表，离赛马结束时间尚早，我便毫无顾忌地沿着田间那长满枯草的小路，漫无目的地朝着树林方向走去。田野间，才露出尖尖嫩芽的应该是小麦。而红白萝卜因其叶子形状相差甚远，就连城里长大的我也能轻易分辨开来，牛蒡的叶子如款冬般舒展，大白菜也不失时机地要在这灿烂的阳光下秀一秀它的白帮子。

车辙斑驳的小路越来越低洼，凸显得路两旁的田地高出了许多，走着走着，便要扬起头来方能看到路边种着玉米的田地。玉米地的另一面，是长满芒草及细竹的高坡。这时，回望来时的路，由于高坡的遮挡已看不到赛马场与农家屋顶，而前方的道路则隐入在了茫茫的松林之中。地势更加低洼，目光所及之处依然是连绵不断的田地。也许是农闲时节，广阔的田野里，人影难寻。这时，我在枯草丛中，发现了开着小花的无名杂草，想采摘些许，便顺势坐了下来。我所在的这片洼地背靠高坡，风吹不到，也听不到小鸟的鸣唱，只有初冬的阳光暖洋洋地照在身上，不一会儿，戴着帽子的我觉得头上要冒汗了。正因此处的静谧、明亮、温暖，让我开始莫名其妙地猜想：这里兴许是村中姑娘们大白天与自己心仪男子私会的地方吧。在我看来，田间的白天要比黑夜的安静更能撩动年轻人的心弦，在都市中有伤大雅的情事，如果发生在如此迷人的田间，瞬间就会成为诗中描写的佳话。正在我沉浸于不着边际的遐想时，却意外地发现刚才坐在牛奶小铺、身穿白色毛衣的女子突然从天而降，朝我这边走来。她看到我躺在草地上时，便放慢了脚步，似乎想要折返，但又觉得立即返回有点不妥，而眼前也并无通向别处的道路。我觉察到了她的尴尬，便搭话道：

‘刚才我们好像见过吧。’

她只是朝我勉强一笑，没有作答。

‘你也是来看赛马的吧？’

‘嗯。’

‘现在要回去了吗？’

‘嗯。’她边回答边停下脚步，拿出手帕来擦了擦额头上的汗水。

‘虽说已经是冬天了，但走上一段路还是会热的，坐下来休息休息吧！放心，这里没有虫子。’

‘这里离车站还很远吗？’她向我打听道。

‘我也不知道。没事，一会儿向路人打听一下就知道了。’

她看起来也很累，拉了拉裙摆遮住膝盖，在离我不远处坐了下来。而此时的我依旧沉浸在之前的幻想中，还没回过神来。和煦的阳光照在身上，仿佛身在被炉中般温暖。而此时身边又有一位素不相识的年轻女子，这使我心中暗自窃喜不已。

‘刚才的牛奶味道很鲜美吧！’

‘是的。’她不知所措地顺口回答。

‘朋友带我来的，我这是第一次来看赛马，但显然那里不是我能待的地方，太嘈杂了。你呢？喜欢热闹吗？’

她沉默不语，又朝我勉强一笑。我想，我应该轻松地聊点

什么，就问：‘你是一个人来的吗？’

‘不是的。’她答道。

‘我扔下朋友一个人跑了出来，这会儿，她大概在找我吧。’

‘是吗!’这时，她第一次把目光转向我。过了一会，她轻声说道：‘我也是和朋友一起来的。’

‘这样啊。看来，你也不喜欢赛马喽！’

她娇羞地默不作答。那时，我突然有种冲动，想凑上前去拉住她的手，心想：管她是会甩开我的手还是会喊叫，反正也是在不为人所知的荒野中。何况我们也不会再见面了，又有何妨！她似乎察觉到我不安分的心思，好像要站起来，我便也支起身子，做出‘你走我也走’的架势。但不知为何，她并没有站起来，只是倾斜了下身子，一只手撑在了草地上。这时，我便趁势走到她身旁，蹲下身子拉住了她的手……

事后我才知道，那天，她是和一名男子一起去了赛马场。在场内，那个男子遇到了自己相熟的艺伎便亲密地聊了起来，那熟络样子让她觉得他们的关系绝非一般，于是，她便赌气一个人走出了赛马场。但当时的我对此毫不知情，拉着她装作去寻找通往车站的道路，穿梭于田野、树林之间，故意向着相反的方向走去。

因为她穿着高跟鞋，行走不便，当黄昏时分我们在松林中休息时，她已经累得躺倒在草丛之中，直到我将她抱将起来。我们在茂密的芒草丛中再次休息的时候，夜幕已然降临，只听得草叶在晚风的吹拂下沙沙作响。

26

那天晚上，我和她在市川的一家旅馆住了下来。回想起来那已经是十年前的事了，当时我还不满四十。因为那件事，我和第一任妻子离了婚，这期间一直和她生活在一起。在乡间小路的邂逅，在松林里冒险的成功，这些美好的回忆将永远镌刻在我的脑海。尽管后来因此事引起了不少麻烦，但我从来没有后悔。我甚至在想，也许只有轻浮女子的类似轻率的举动，才能最终征服我们这些男人的心。

你的来信，让我想起了那一带的风光。虽已记不清当时我们是怎样走过那些地方，但如果田野和松林还一如当年，我或许可以根据树木的分布以及道路的走向而想起那个静谧之地……”

于是，我和那个朋友便起身去寻找他十年前的梦迹。

（译者：曹函　杨晓钟）

葡萄藤

浅草公园的射击场跟居酒屋时到如今大半都被取缔，从好事之人口中听到有关于此的详细缘由，不觉心情郁郁不得解，于是写文作画以记之。若干年后，它或许就会同天明时代的蒟蒻本一道，成为风俗研究家们珍贵的资料。曾有中国人桑(そんけい)所撰《北里志》、崔令铁所著《教坊记》，皆成为俊才良士名震一时的佳作，几千年以后的今天，每当我醉心于那风华诗文之时，必捧之诵读。我在之前一篇名为《大窪多与里(おおくぼたより)》的文章中略提及了浅草的一些事情，其中有一段是这么说的：

杨柳弓射击场门前的隔扇上写着小小的店名，那时还尚且允许在屋前供奉明灯，夕阳西下时，阵雨淅淅沥沥，打在朴树的落叶上，别具一番风情。那段时间，我常在这周边的射击场玩个通宵，望着放在窗边的洗杯器出神，洗器皿的水中映着老树没过屋顶的枝丫，还有那被夕阳浸染的天色。如今想来，也觉得意境阑珊。那时候，浅草一带的风格也未曾改变：年轻人依旧梳着三圈的天神髻，或是插着带头花的簪子，上了点儿年龄的则是盆髻，除了和服外衣以外是不会穿外卦的。那时的人们热衷于礼佛传法，连收入颇丰的武士也不曾例外。然而今时今日，乡间女子不再用鼻音轻声低唱，反而能大胆放声高歌了。不知为何，努力劳作成为人们心中的第一念想，正因为如此，游玩才仅仅变成放松的方式，人们不再害怕会过度沉溺于玩乐，整个社会都相安无事。

後藤宙外子(ごとうちゅうがいし)有一篇文章，其中有一页专门是描述浅草风俗的，做文书的女官记载说这与小说《浊江》中主人公的老家丸山如出一辙，而天外子的《杨弓场的一小时》却完完全全是写实作品。柳浪先生在《今户心中》和《浅濑之波》书中多次描写过明治时代的市井风貌，然而令我惊诧的是他却不曾有一回将笔锋触及浅草，同样的，《汤岛之恋》的作者泉镜花也从未描写过这个地方。

小巷中秋色尽染，水果店前的葡萄串儿映在灯光下，摇曳而晶莹，一茶有句曰：

远眺富士山　绝好处所葡萄园

在葡萄藤下抬起头，看着那承载着露水之重而下垂的葡萄粒，在幽暗枝叶的光影里。那一粒一粒的葡萄就像雕花玻璃球，一阵秋风拂过，它便轻轻摇摆，其姿态胜过风中牡丹，娇柔而令人怜惜。看着此景，我想起了岛崎藤村早期美文中描写葡萄藤的文段，与此同时一件发生在自己身上的滑稽事儿也在脑海中涌现出来，而这段关于葡萄藤的回忆，是在我二十来岁时，发生在以前那充满市井之气的浅草的。

那是秋日里的一天，天空阴沉沉的，没有风，也不见雨，当我走过浅草寺院背后土墙边的小路时，忽然被一个妓院里的小姑娘拉住了衣袖，小姑娘梳着散岛田发髻，插着紫色头花，身穿一件肩部带有褶皱的无袖和服，她看起来纤细苗条，大概只穿十四左右的小码。我无精打采地走进店里，一杯啤酒下肚，小姑娘便在前面引路，带着我朝公园的人群中走去，现在想想，那天我们去的地方大概是现在区政府修建的马路一带，那里商铺林立，其中还有寺院大门。在进入大门之前，小姑娘一直留意着周围的环境，一进大门，她便放下心来，拉起我的手，紧挨在我身边。就这样，我们也未同寺里的人打声招呼，便绕过后门，径直来到了厨房背后，那里有一片葡萄藤，周围暗淡无光。记忆中，小姑娘走到庭院深处的一栋建筑前，推开一间房门，便大摇大摆地走了进去。她从破旧的壁橱里翻出一条被子，随手铺到了布满煤灰的榻榻米上。

这一切都令我意外不已，我甚至开始认为这里或许是这位浅草小妓女的隐秘处所，“我应该早早就转身拒绝么？”可是不容我更多地胡思乱想，周围已只剩下自己扑通扑通的心跳。不久，我便和小姑娘一道出了门，再次路过葡萄藤的阴凉时，她看着那已然熟透下垂的葡萄串儿，发出了松鼠一般的欢声。她忽然捉着我的袖子蹿到了我背上，伸长手臂，尽力地去够葡萄串儿，每每触及，整个葡萄棚子便晃得让人害怕，牛虻从藤蔓中飞出来，越过枝叶，飞向了秋色浓浓的天空。那边的正殿里，木鱼声声入耳。

后来，我把这段经历说给了友人听，再后来，当我读起莫泊桑的短篇小说，再去回想那阴霾天里葡萄藤下的情景，对比之下，果然还是大文豪的叙述更胜一筹。

对于坊间好事者而言，这或许有耐人寻味之处，但我却只将它当作记忆深处的一次经历，一次在寺院里的奇遇。

(译者：张钰婕　杨晓钟)

地图

穿着木屐、拄着洋伞漫步于东京街头的时候，我都会带着一张嘉永年间木版印制的江户地图。这并非我怀古伤今，讨厌现在的石版地图。一方面是它携带方便，更重要的是对照着它漫步于如今的街道，便不费吹灰之力就能切身感受到今昔东京的变迁。

例如，最近因扩宽道路，牛込辨天町一带已经面目全非。然而值得庆幸的是，那里背街上的小桥依旧沿用“根来桥”这一名称，当参照江户地图发现这一带就是当时的根来组同心坊时，我就像有了重大的历史性发现一样而莫名地兴奋不已。

使用江户地图除了能满足我自己略显荒唐且了无益处的兴趣之外，也有它的便利之处——它不仅用不同的颜色注明了名胜古迹、神社佛阁的所在地，甚至标注有从某处到这些名胜要经过几条巷子，某处花店居多等，为看图人提供向导。但说起地图的精确度，当属陆地测量部制作的新版的东京地图更胜一筹。可一摊开精确的东京地图，表示地势高低的蚰蜒脚似的复杂符号，瞬间便使人趣味索然。同时由于过于追求精确的比例尺，反而失去了制图的灵活性，使看图者徒增了许多忧烦。相反，在不怎么精确的江户地图上，樱花圣地上野①处标示了樱花的图案，绿柳成荫的柳原处添加了柳条的插图，甚至为了满足人们从飞鸟山远眺日光、筑波的群山，便刻意把它标示在云朵的另一端，使地图看起来更为平易近人、趣味盎然。简言之，就绘制方法及理念而言，这与东京地图秉承的是两种完全不同的理念，江户地图采用了直观的、印象派的手法。类似的差异同样表现在现代化的政治、法律、教育等欧美式制度方面。例如，现代的审判制度犹如东京地图，僵硬而纷繁；而大岗越前守②的执政之道却如江户地图，灵活且有趣。换句话说，东京地图是几何学而江户地图是图案。

因此，江户地图便与木屐、洋伞一道，成为我游历东京所不可缺少的一部分。参照旧时的江户地图，走在陌生的背街小巷，一种穿越时空、回到当年的幻觉油然而生，令我回味无穷。也正是因为在如今的东京找不到令人流连忘返的秀丽景色及宏伟建筑，我才会如此这般“大费周章”地找些乐趣，否则像我这样的赋闲、无聊之人，在东京就连散个步也不能尽兴，又要如何生存下去呢？受西方文学影响，人们就把银座街角的西餐厅比作巴黎的咖啡厅、把帝国剧场比作歌剧院，这样随心所欲地把东京想象为西方大都市，也许这是他们制造乐趣的方

① 上野：位于日本东京都台东区西部，观赏樱花的名胜地。

② 大冈越前守：日本江户中期的江户町奉行，受第八代将军德川吉宗的重用，被提拔为江户町奉行。以审判公正而闻名，后被列为大名。

法，但对我们而言，现在日本的伪西方文明，就如森永生产的西洋糖果、日本女演员表演的西方交际舞，极其拙劣、无趣！我们也只好把生活在东京的乐趣转为尚古情趣。如今，面对市谷[①]外侧护城河的填埋工程，我脑海中浮现不出任何将来能成就的美景，不由得惋惜万分，怀念起昔日护城河中莲花的清香。

穿过四谷的瞭望楼，来到曲折蜿蜒的外护城河大堤，站在大堤拐角处本村町的坡上，随地势的起伏，放眼望去，从市谷，以及牛込远处小石川一带，东京知名的美丽景色尽收眼底。此时，市谷八幡的樱花已飘落，而稻荷的茶树篱笆正郁郁葱葱。沿着护城河畔，来到牛込小石川的眺望台，树梢新芽翠绿欲滴，初夏的云朵随清风缭绕于天际，使我禁不住忆起以山手为中心兴起的江户狂歌的天明时代的流风遗韵。《狂歌才藏集》的夏卷中有诗如是：

初夏

马场金埒

今朝横云形似鲣，百花落尽化春泥。

新树

纪躬鹿

枝头花斗艳，春去夏来，换妆翠欲滴。

更衣

地形方圆

秋来棉衣瘦，春日鼻纸仍在怀。

---

① 市谷：位于日本东京都新宿区东部。江户时代曾有许多武士住宅和寺院。市谷本村町有陆上自卫队市谷驻地。

34

在江户更名为东京时，东京地图还一如江户地图，为我闲来散步增添了不少乐趣。

我仍依稀记得，在位于小石川的老家门牌上，写着“第四大区第×小区×町×号”的字样。而东京被划分为如今的十五区六郡，恰巧是在我出生前后。之前只有十一个大区。比照着东京地图，从柳北的随笔、芳几的锦绘、清亲的名胜图中，我仿佛感受到了明治初期那混沌的新时代，令我兴奋不已。

行走于东京，摊开如今的东京地图，竟发现当时位高权重的大名宅院多数已成为陆海军的专用场地！如下谷佐竹的府邸已成为如今的操练场；市谷户塚村的尾州侯府邸、小石川水户官邸正如我们所见，已成为陆军辖区，这些负有盛名的庭苑正处于水深火热之中。铁炮洲白河乐翁公的女眷住所——浴恩园与小石川的后乐园皆为江户屈指可数的名苑，但如今却沦落为海军的俱乐部，专供他们吃喝玩乐！目光从江户地图转瞬间到东京地图，仿佛在阅读法国革命史一般，颇为震撼，抑或是我们应当感慨时代变迁、人物已非。而在法国政变中，人们也并没有草率地破坏像凡尔赛宫、罗浮宫那样的国民性艺术建筑！常闻现代官员尊崇孔孟忠孝礼义之道，但如果过分追捧西方文明，那高悬着“仰高”二字的大成殿，恐怕也只能任野草丛生、风吹雨打而瓦砾纷飞吧！但世人却对此熟视无睹，不以为然，只留我等哑口无言！

(译者：曹函　杨晓钟)

小巷

在我看来，铁桥与渡船之差异，就仿佛繁华正街与隐遁其间的小巷的区别相似。通衢大道之上，仿西洋建筑的商店林立，其张扬恰似电车穿梭往来的铁桥；而与此形成鲜明对照的是，背街昏暗的小巷却宛如渡船一般斑驳，低调、陈旧中饱含着别样的风情。式亭三马的通俗小说《浮世床》中有一幅由江户时代画师歌川国直所绘的插图，画的就是小巷路口的模样。而另一位江户时代的画师歌川丰国在他的浮世绘《时势妆》中，描绘了江户享和二年（一八〇二）社会上各个阶层女子的风习，其中就不乏小巷的场景。正如浮世绘中所描绘的那样，小巷如今依旧是贫苦民众的栖居之所。那里潜藏着从阳光普照的大街上无法得知的百态人生；蕴含着清幽之所的虚渺之美；享受着隐居生活中那份远离世俗的宁静；沉淀着从失败、挫折、穷迫中修得的慵懒与无拘无束的闲逸恬淡；展现着赌上性命与心爱之人长相厮守的非凡勇气。小巷虽然短小、狭窄却如这般多姿而富有情趣，犹如一段段说不完道不尽的故事。

如今的东京，不仅是从银座到日本桥一带，就连上野、浅草一带的主要街道上，都到处可见仿西洋的建筑物和浓妆艳抹的广告牌。枯矮瘦弱的行道树旁，粗大的电线杆肆意地杵立着，上面的电线错乱不堪地缠绕在一起。不仅早年江户街市的静寂之美早已荡然无存，更是无法比肩富有韵律动感之美的西方街市。这样不伦不类的街道若是再少了风、花、雪、月、夕阳等自然景物的衬托，那便彻底无美感可言了。走在这样的大街上，内心不断涌起的不快与厌恶之感让我愈发对掩映在其间的小巷更加向往。

虽都是小巷，但有的宽敞些，可以通过一辆人力车，有的则是仓房或住户房檐间的夹道，勉强能容得一个人通行。根据居民身份职业不同，小巷的风貌也自然不同。日本桥一带有条名为“木原店”的小巷，鳞次栉比的小餐馆灯火辉煌热闹非凡，至今仍保留着“食伤新道”[①]这个名字。吾妻桥附近的东桥亭曲艺剧场拐角处，有条小巷叫作花川户，这里汇聚着众多的艺人，其热闹景象丝毫也不输给过去的猿若町。

八丁堀北岛町[②]是一条夜店林立的小巷，那里评书剧场与娘义太夫[③]的曲艺剧场相向而立，每晚捧场者的叫好声、掌声与表演者的拍扇声交织在一起好不热闹。两国一带沿着大道两侧

① 木原店的俗称。木原店为日本江户时期日本桥一带主要繁华街道，因饮食店一家挨一家，故从明治时期到昭和初期俗称“食伤新道”。“新道”为地主们协商后建立起的私家街道。

② 是位于德岛县东北部吉野川出海口三角洲上的一个城镇，介于旧吉野川和今切川之间，是德岛县内面积最小的行政区划，也是四国地区人口密度最高的行政区划。过去曾依靠辖区内的多家企业工厂而繁荣。

③ 女义太夫说唱者。天保年间开始在江户流行，明治后半期为全盛期。

的石子铺就的小巷里，集聚着百货店、箱包店、煎饼店等各种小店，就如同露天商场的通道，一片繁荣景象。横山町附近有条小巷，路面也是石子铺就，巷子两侧都是批发长门筒烟袋以及毛笔的商户，有许多仓库。

被允许开设艺伎屋的小巷可以说是最为妖艳之所在了。在这类小巷中，比起新桥柳桥，我更欣赏新富座后面的景色。那里沟渠的夜景以及戏曲小屋背面的景致都别有情趣。

要说小巷当中最长且如迷宫一般错综复杂的就要数葭町了。那里既有仓房一样的当铺，也能见到疑似高德之人隐居的板壁房。我曾在拙作《隅田川》中，把我眼中那时小巷的真情实景原原本本地勾画在案。

小巷之所以能让我萌生出如此强烈的兴趣，是因为就像欣赏西洋铜版画或是日本浮世绘一样，能够让我从中获得欣赏平民画般的艺术享受。伫立在小巷之中，抬头望去，夹在两侧建筑之间的小巷，潮湿、昏暗；远处小巷的尽头与大街相连的部分，凸显在我的眼前，热闹、明亮。尤其是太阳升起在大街后方的时候，从小巷中望去，和风吹拂、柳条浮动，树枝与广告旗间，来往川流的人群如同影子般时隐时现，就像是在观看极富灯光效果的舞台剧。而到了夜晚，从一片漆黑的小巷向灯火通明的大街上看去，又会别具风情。若是站在有河流经过的小巷里，从巷口远远望去，不仅能看到河岸旁的大街，连桥上的栏杆以及扬着帆的货船也都清晰可见。这样的情趣，这样的景色，就更是珍品中的极品了。

就东京而言，无论绘制如何精密的地图，也无法清晰地标注出各条小巷的位置。每条小巷从哪里进入又通向何处，哪些小巷是死胡同，等等，只有在那里常住的人才能说得清。小巷往往都有着从江户时代传承下来的老名称，就像中桥的“狩野新道”一样，有不少小巷的名称都有其历史渊源。而这些名称多数只是久居在此的人们之间通用，其中甚至没有一个是经东京市政公布确立的官方地名。就如同小猫、小狗会在残垣断壁之间开辟属于自己的通道一样，平民百姓无力在大街上开门立户，便自然于大道之间造出小巷作为自己的栖息之所，因此，它不由市政经营管理，也不拘于都市的风情格调，完全是另一番天地。在这里，不必担心豪绅显贵们的富马豪车打扰了自己的午觉；夏天的傍晚也大可毫无顾忌地在院内赤裸乘凉；在冬天的夜晚，可以钻在自家的被炉中聆听邻家传来的三弦那曼妙的音律；在这里，即使不买报纸，世间的各种消息杂谈，也均可从常在巷子里口若悬河之人那里得知详情；在这里，哮喘病人夜间不断发出的咳嗽声可以防夜贼……如此种种，小巷恰似小说中描写的世界一般，用滑稽幽默的语言表达了一种隐讳的生活悲哀。然而这个世界终究是与世俗的感情、生活紧密相连，它离不开构成这个世界的拉门、井盖、晾衣台、栅栏等平凡俗物。从这个意义上来说，小巷又何尝不是生活与艺术相互交融的世界呢。

（译者：马丽　杨晓钟）

巷之声

每日穿街走巷的吆喝声不自觉地讲述着时代变迁。

由于听惯了装木屐齿的手艺人用细木棍敲鼓的声音，以至于记不清他们从何时开始用这种方式招揽生意。明治四十一年（一九〇八年）秋，我刚从国外回来，那时，装木屐齿的手艺人就已经一边敲着鼓，一边穿行于牛込区[①]的大街小巷了。

那时，“俄国面包喽”的叫卖声游走在整个山手区，而身在牛込区的我却很少听到这种吆喝声。不过这也不足为奇，由于东京很大，所以某地听着觉得新鲜的声音，也许在别处早已司空见惯。

穿行在大街小巷的吆喝声瞬息万变，没有一个定式，它的兴盛并非人有意而为，又在被人们熟知，极度流行之后，悄然离场。顺便多提一句，服饰潮流的变化亦是如此。

我记得明治四十一年左右，在“俄国面包喽”刚刚兴起

① 牛込区是东京市的行政区，也是现时新宿区的前身。

时，卖豆腐的还敲着黄铜振钟，尚未改成吹喇叭。不过那时，换烟袋管的小贩就已经拖着小车四处叫卖了，车上放着装有热水的大锅，锅中的蒸汽吹得汽笛哔哔作响，而以前那种扁担两头挑着箱子，边走边吆喝“罗宇[①]喽，罗宇喽”的叫卖声不知何时消失在了街头。和换烟管的一样，装木屐齿的手艺人近几年也大多改拉小车了。

不过，磨刀工现在还时不时挑着担子，穿走在大街小巷，喊着“磨刀，磨剃刀，磨剪刀嘞”。然而不知不觉间，已听不到补锅匠的吆喝声。这也许是因为现在家里用的锅碗瓢盆都是便宜的劣质品，破了就再买新的。而不像以前，大家都很爱惜自己用惯了的东西，修修补补不舍得丢弃。从这件事上就可以看出，昔日的淳朴之风早已消迹于世。

听说明治三十年的春天，前代市川左团次[②]在明治座[③]表演补锅的松五郎[④]时，由于其吆喝声太难模仿，只有将真正的补锅匠请到布景后配音。

我出生在砾川的偏僻地儿，那里充满着我对过往的回忆。现在只有在金刚寺斜坡附近的老宅门口，还能看见和旧时的修竹皮草屐[⑤]的鞋匠和捕鸟人等。我每次看到修竹皮草屐的都觉得心中发毛，因为他们大多都戴着圆顶斗笠，绳子系在下巴处，

---

① 烟袋杆；由马来语转来，因使用老挝生产的竹子，所以称作“罗宇”。

② 市川左团次，歌舞伎演员的世袭艺名。

③ 位于东京都日本桥滨町，一座历史悠久的剧场。在明治时代由歌舞伎演员初代市川左团次创设。

④ 歌舞伎狂言《船打込桥间白浪》中的主人公，以修理锅等铁、铜用具为生。

⑤ 草鞋的一种。在草鞋底贴上皮革，鞋跟上嵌入金属附件，以防磨损。

整个人都看不到脸，只能窥探到从斗笠下伸出来的下巴。他们的细筒袖口处戴着护手套[1]，拖着和服的下摆，下身穿着浅绿色的细筒裤，脚上一定是草履或竹皮草履，而非草鞋，腋下用宽编带挎着装工具的竹篓，发出一种“滴——滴——”的低哑声音。要是在日暮时分听到这种声音，总让人莫名地感到不舒服。

那时，捕鸟人也不受人们欢迎。他们披着蓑笠，戴着护手套，缠着绑腿，穿着草鞋，腰间挂着装猎物的笼子，手上拿着拆成一段段的长粘竿。不管是胡同，还是住家的背后，都可以看到他们藏在阴影里，吹响和麻雀叫声相仿的笛音，等待猎物上钩。

明治维新以前，捕鸟人将抓到的麻雀卖给驯鹰师，为幕府饲养的猎鹰提供食物。但不知从何时起，他们成了主要打听民间传闻的暗探，因此江户百姓一看到捕鸟人的身影，就会感到惶恐不安。我后来还时而会看到他们徘徊在小石川的巷子里的身影。那时，都已是明治十四五年的事情了，但是人们仍会回想过往，对他们感到恐惧和厌恶。在当今社会，别说是捕鸟，就是比屠狗、剥猫皮更残忍的事情都有人为之。我们遇到这些人也会觉得晦气。我们在灯笼下，听着古老的传说，会让人平白无故地感到害怕。现在回想起来，也许是因为那时的社会风气之中充满了丝丝哀愁，而随着社会的进步，那种哀愁和迷信一起消逝殆尽。在我们年少时，不光风声、钟声、狗吠声和按

---

① 在行商、旅行、户外劳动时，为防止外伤、寒气、日晒而戴在手上的布制防护套。

摩人的笛声让我们感到害怕，那深夜的黑暗和寂静也是恐怖的源头。与此相反，现在的昭和少年到底畏惧什么呢？他们受民众主义的不良影响，心中毫无恐怖畏惧之说。即便在梦里也净想着攀比竞争和沽名钓誉之事。我听说现在的小学生将零用钱当作活动经费，奔波于班长选举等事，更可怕的是大家还为其鼓掌喝彩。

街头叫卖犹如秋雁去、春燕来，有着时节规律，这常常引得现在的人们诗兴大发。晚开的樱花尚未落尽时，便响起来初夏卖苗种的吆喝声；人们还没脱掉夏季单衣时，宣告秋天到来的卖虫声便回荡于城中；再如卖风铃的、卖绢丝草盆栽的、卖牵牛花的。这都是诗词中的景象。虽然正月已经听不见卖宝船画的吆喝声了，但中元节仍能听见迎接先祖之灵的声音。这几年，麻布一带的街巷中，有人瞅着阴雨天放晴之后，不论时节地叫卖着“晾衣竿喽，晾衣竿喽”。连绵多日的雨天过后，淡蓝色的天空中点缀着白云。一大早就能听见每家每户的洗衣声，女人们的嬉笑声。就在这时，“晾衣竿”的叫卖声惊得狗不停吠叫，就连躲在晾晒的雨伞下的麻雀也被吓得“嗖——”的一声飞走了。这些都和江户时代买樋竹的情景不谋而合。

江湖医生有常见卖千金丹[①]的，也有挑着担子卖中药的。明治初期，卖千金丹的人人手里都提着皮包，撑着黑色的大伞。自日俄战争之后到大正四五年间，也有人穿着军装、拉着手风琴，在城中四处卖药。在一本名为《当世风俗五十番歌

① 来源于《兰台轨范》卷四。主要用于中暑、霍乱，及感受不正之气、心神不安，甚至昏不知人。

合》，描写浅井忠的木版画的书中注有“神丹、神丹、感冒头疼，一吃见效”的叫卖声。这本书出版于明治四十年，书中的插图是砂锅面条，而不是卖面的中国人。由此可见，吹着唢呐卖面的中国人是明治四十年以后才出现的。

卖面的中国人在夜间吹响的唢呐有一种动人心扉的哀伤。它的音色非常像以前午后在近郊卖糖人吹得沙律莫管①，不过早已听不见沙律莫管的声音了。按摩人的笛声现在除了花街柳巷还能听见外，在别处已经绝迹了。在昭和时代的东京城中，唯有南京卖面人的箫声在黑夜中散发着丝丝哀愁。

在这儿就不提街上其他传唱新内调②的艺人了。

在旁静观被那日子渐渐遗忘的街头景象，犹如戏看走马灯般，这是生活在都市人共有的乐趣。因此虽然以前的随笔中很少记载有叫卖风俗，但如加藤曳尾庵的《我衣》、小川显道的《尘塚谈》等，至今为止都是好奇之人必读的书目。这都是无需我多言之事。

昭和二年（一九二七）十一月记

(译者:邵冲)

① 一种乐器，单簧管的前身。

② 日本传统净琉璃流派。

草红叶

自从我辗转到东葛饰[①]一处偏僻荒凉的临时住所后，只能偶尔听到关于东京的一些传闻。

我所认识的人当中，在此次战火中丧命的多是住在浅草繁华街区、从事公园表演的人。

从大正十二年（一九二三）地震大火中逃过一劫的观世音佛堂，却在三月九号晚上这场大火中化为了灰烬。当时的火势自不用说，但我家所在的麻布一带富人区的火势比观音堂的更加猛烈。因为之前就感到无能为力，所以那天夜里，我并没有惊慌失措，但也只能眼睁睁地看着自家的房子和藏书都被烧个精光，我自己毫发无损，安然无恙，和邻居一起聊天到天亮。说起来，如此从容、悠闲的遇难者，也许那些在浅草死去的人们是如何也理解不了的吧。但是，事实就是事实，我不得不接受。就在那个夜晚，那些身影永远从活着的人眼前消失了。若

① 日本千叶县西北部东葛饰郡的旧町村以及市制实行后各市的称呼。

再等一年他们不会出现的话，那我们不得不承认：那些人确实已经没在这个世上了。

那个时候，歌剧院有一位装饰舞台背景的老师傅，五十岁左右，在这已经工作好几年了。眼睛细长，个头不矮，身体结实，时常穿一身黑色的工作服，把榔头在带子上一别。他看起来并不像是浅草的人，也不像是干这一行的人。老师傅做事井井有条，说话也极为稳妥。舞台工作结束后，他就会脱下工作服，穿上素色的衣服，夏天是深灰色的短外套，冬天则是茶色袖子的和服，那身行头活像个老实的商人。头顶已秃了大半，却也不戴帽子。趿拉着一双带子还没有松动的木屐，这也许是江户人特有的打扮。他通常比其他师傅离开得早些，一个人大步流星地朝千束町的家里走去。看样子连酒也没喝。

这位老人有两个女儿，小女儿和母亲在家里共同经营着一家杂样煎菜饼店，姐姐那时候已有二十二三了，是个舞女，艺名叫荣子，几年以来每天都在父亲装饰的舞台前和众舞女一块跳舞。

我和荣子成为好友是在昭和十三年（一九三八）的夏天，那时我和作曲家S一起在这个剧场做演出方面的工作。演出第一天刚好是三社权现[①]祭祀礼，快要开演的时候我去了后台，一进二楼舞女的房间就看见了荣子，见我到来，她把一个包袱在我面前打开，里面是红豆糯米饭，还有一份用竹子皮包裹的干炖莲菜，一份切碎的鱿鱼干，她说道："这是母亲让我带来给

① 三社权现指东京浅草神社，5月17、18日有例行庙会，称为三社祭。

先生吃的。”原来荣子是在等我。

舞台排练是在前一天晚上结束的，她们可能知道我会在演出第一天来，所以准备好了饭菜。这份款待不只是平日我对她女儿有所关照的谢礼，也许更是平民区人们自古以来的习惯：将祭祀的热闹和喜悦与外地来的客人分享是他们的习俗。平日里对时代和人情变迁容易感怀于心的我，因她母亲的这份深情厚意感到无以言比的喜悦。莲菜和鱿鱼干里加了好多糖，尝起来甜甜的，她肯定以为我和在平民区长大的人口味一样，这样一想，我心里更加喜滋滋的。那个时候做梦也想不到，我能在学习爵士舞的舞女的休息室里享用到三社祭的红豆糯米饭。

若是顺着热闹的商店，沿着不分昼夜放着流行歌曲的千束町直往北走，就能看见街道尽头的吉原妓院和亮着的灯，舞女荣子和布置舞台的工头便住在那一带的小胡同里。一天晚上，在舞台上排练了一个通宵之后回去的路上，我想吃点东西，便向荣子打听哪家馆子后半夜还开着。荣子把住在附近的两三个舞女也一并喊上，把我带到了位于吉原角町，稻本屋对面小巷里一家叫“紫罗兰”的茶泡饭馆。我们从自来水管尽头走进那条静静入眠的烟花柳巷，在拐向角町之前，碰上了两个从向导茶馆[①]的小门出来的艺伎。其中一人和荣子点头致意，但两个人似乎都有些不好意思，看起来想说话却又有所顾忌。拐到角町之后，我向荣子打听艺伎的事，她说艺伎是自己富士前小学的同学，是某家向导茶馆的女儿。荣子把艺伎叫作“艺伎们”，

① 为客人介绍妓女的地方。

她的这种说法是把艺伎的女性地位看得比自己的要高。我因此得知荣子生长在近烟花柳巷附近的陋巷里，而且在江户时代开始就有一个古老的传统：住在妓院区的女人们都会受到周围地区女人某种意义上的尊敬。以至于昭和十三四年（一九三八、一九三九年间）的那天，这种风习依然保留着。这令我感到意外和不可思议。但是，这个传统也成了三月九日夜里最后的纪念，如今已然消失殆尽。

那天深夜在吉原的好多所见所闻，我至今都难以忘怀。叫作“紫罗兰”的饭馆地面没有铺地板，每个房间的左右两侧铺着榻榻米。坐在榻榻米和椅子上都可以尽情用餐。我们要了年糕小豆汤、烩年糕、乌冬面，吃了好几碗的时候，有一位客人从布帘子下面钻了进来，在椅子上坐下点了酒菜，他身材魁梧，看起来有五十多岁。头发剃得精光，上身穿碎花短外褂，上面套着碎花窄袖便服，下摆向上卷着。领口处有些松大，怀里鼓鼓的，隐约可见一个大夹包塞在里面的和服里。下身穿藏青色纺绸细筒裤，脚穿白色布袜、竹皮屐。这样的打扮，现在在任何地方都已经很难见到了。就算在歌舞伎演出的后台，穿这种和服的人从明治时代末期开始已经很少见了，我虽然不太认识这儿的艺人，但是据我观察，他应该是这一代颇有名的师傅级别的帮闲艺人。

这位男子静静地自斟自饮，却又不时地朝这边瞟几眼，看看舞女们的打扮和她们吃饭的样子。他虽打量着舞女的洋装和妆容，但那样子并没有让人觉得厌烦，好像他知道自己和同是老人的我的兴趣一样，我们每次目光接触的时候，虽然想相视一笑，但却强忍着没有表现出来。想必这个年老的帮闲艺人和我的心情是一样的，因为大凡身在都市里的人，都会对世态变迁、风转俗移而在内心潜藏着好奇和哀愁。

布帘外，妓院大门的灯已灭，客人的声音，妓女的声音，过路人脚步的声音，全都消失不见，大街入眠了，一切都静得出奇。在这样安静的时刻，我听见附近街道上，“新内[①]”开始了，好几个年头下来虽已听习惯，但当时却有种穿越时空，把一切都带回往昔世界的感觉。我这才发现，穿着细筒裤的光头帮闲艺人恰好和这样的氛围相得益彰。我对能够如此从容不迫地对待旧习的人又羡慕又嫉妒。

也许三月九日的那场大火，已经将这位旧时风打扮的秃头老年人和烟花柳巷一道变成了灰烬。

后来我听说，那天晚上在“紫罗兰”和我们一块吃饭的一个舞女不久后就离开浅草去了名古屋，另一个则去了札幌。荣子嫁给了某相声演员，烟花柳巷外面的小胡同已不复存在。我心里祈祷着荣子和她父母还活在世上，并没有去那个世界。

除了布置舞台的工头之外，在浅草上演作曲家S和我编写的歌剧《葛饰情话》时伴奏的钢琴师也死了。听说他家在从公园直通田原町的狭小的胡同里。有一个住在入谷的造花师，专门制作观众送给偶像艺人的香荷包和花环，他也在三月九日那天夜里死了。听说他刚开始带着女儿和妻子逃到了大街上，但又想在房子没有完全烧尽之际从大火中抢出点东西，哪怕一件也

① 日本一种说唱曲艺。

好。结果，他回去之后再也没有出来。

浅草公园何时才能恢复往昔的繁华啊。再次在观音堂里欣赏到名画《一立斋宏重》的那一天怕是再也不会到来了。

昭和十二年（一九三七），我开始和歌剧院以及剧场的人们变得熟悉，那时候已经很少有人知道地震之前的公园以及凌云阁的情形了。昭和时代人已经将大正时代的公园遗忘。那个时候，在歌剧院的舞台上受到万众瞩目，享受观众喝彩的艺人多半都是震后从外地来到东京后成功的人。但是，这个时代在转瞬之间也已成为过去式。在这个恢复和平的后来的时代里，跳爵士舞而备受欢迎的红人净是些没有见过朱漆的观音堂的人。时代不断变迁，如奔腾不息的流水。有些人在他们的生命还没有结束的时候就已被忘记。一想到这，就觉得有生之年都如这般寂寞的话，和死又有什么区别呢？

歌剧馆后台门口的澡堂，有一位长年以来看门的老爷爷。三月九号晚上他遇难了还是平安无事，没人知道。之后聊到那条演出街的时候，也没有一个人提到这个老爷爷，仿佛他的存在在他活着的时候就没有人认可过。

那个时候，我听舞女们说过，老爷爷也有家，有妻室。家住马道一带，把自家房子的第二层出租出去以补贴家用。他的妻子看起来很年轻，优雅端庄，小巧玲珑，在上野的大街上的电影院里当向导。老爷爷时常把毛巾往后脑勺上一扎，所以他是秃头还是白发，后台的人没有一个人知道。他的腰笔直坚挺，四肢纤瘦，光看他那戴着眼镜、长满皱纹、肌肉松弛的脸，就让人觉得他有六十多岁了。无论春夏秋冬都只穿着衬衫和长裤。至于他之前做过什么，有什么成就？没有人想知道，也没有人愿意去打问。看起来并不是个坏人，也不是个无所事事游手好闲之人。没准他以前还是个正经商人呢。

歌剧院的澡堂就在后台门口边，出入于后台的人经常站在那闲谈。有去其他剧院看戏的，有从外地表演回来的人，他们把里面的人叫出来，靠着门和墙壁聊天。天热的时候也有人搬出舞台上使用的椅子，一天到晚，总有人坐在上面谈笑风生。但是老爷爷很少加入过他们。就连年轻人和舞女们在凳子上嬉笑玩闹，老爷爷也似乎已经司空见惯，连看都不看一眼，从不关心这边有什么有趣的事。

天气寒冷的时候，老爷爷就在木屐架子背后那条窄道的墙边，烤着火打着盹儿，不管怎么看都不显眼。

有一年，正是繁花似锦的季节，我看见老爷爷不知从哪带来了削过的竹子，只见他认认真真地把竹子削细，做成鸟笼。好像这位老爷爷也有其他的兴趣爱好，比如街上的理发师喂着水槽里的金鱼、灯笼店的老板制作庭院式盆景来装饰店头。从老爷爷的言谈举止可以看出他生长在平民区。但我一次也没有见过老爷爷的笑容。也许穷困落魄的人在上了年纪之后，最先忘记的就是笑容吧。

战争迟迟不能结束，煤气和焦炭供给不足，后台的澡堂也就形同虚设。没过多久，老爷爷被解雇，他单薄的身影也就从后台门口消失了。澡堂重新雇了一个老婆婆，拿着没尖的扫帚打扫卫生。

战后第二个秋季也马上接近尾声了。去年，我在冈山的西郊迎来了秋天，在热海看着它结束。今年，在下宗葛饰的田园里，我听着日渐猛烈的风声，看着时光就这样如白驹过隙般稍纵即逝，心里一惊一惊的。以为在冈山待的时间很长，但实际上还不到一百天。而在热海每天风和日丽，让我觉得如同白昼一梦。

自从失去了家园，我便开始漂泊流浪，所到之处的风景都在我心里埋下了思念的种子。每每离开之际，我的心情总是犹如和情人幽会后分别一样。虽怀揣着后会有期的期待去了其他地方，但再次相见也只能等待偶然的机会了。

在八幡町的梨园把梨儿摘光的时候，明媚的阳光也从葡萄架上洒了下来。我看着玉米收割完毕，看着一望无际的稻田泛着柔软的金色的麦浪。但哪一天我才能再次听到妙林寺松山上鸢的叫声啊。这个时节，备中总社[①]小镇上的人们在后山采蘑菇的时候，肯定在感叹秋高气爽的日子太过短暂。在流过三门镇的沟川里洗东西的时候，已经觉得冰凉了吧。

花开花落几春秋，等待的心也随着时光荏苒勾起了我浓浓的乡愁。再也没有比乡愁更美的情愁了。一直以来，我都无法忘记巴黎的天空或许也是源于这种情愫。

巴黎再次遭遇兵荒马乱却依然安然无恙，没准一到春天，紫丁香又会芳香宜人，但是我的东京——我出生的孤岛城市却灰飞烟灭了。乡愁就是对一种事物的思慕之情。有的东西再也不会相见，却一直想见到，若是给这种心理命个名的话，该叫作什么？

昭和二十一年（一九四六）十月稿

（译者：康小云 杨晓钟）

---

① 冈山县总社市备中国的神社。

钟声

在麻布区旧宅的二楼上，常能听到悠扬的钟声。

钟声不远不近，恰到好处。当你低头沉思时，它温润地回响在耳畔，不仅不会扰乱人的思绪，反而使人内心更加平和、宁静，思路更加清晰、敏锐；而当你疲惫发呆之际，那悠悠余韵又宛如摇篮曲般温婉、动听，催人入梦。

从钟声传来的方向推测，大钟就在芝山里。据说，大钟原先一直放在山路旁，后来才被移置到了增上寺里。但具体放在什么方位，仅凭声音是无从判断的。

如今，我已在旧宅里度过了二十余个春秋。记得刚搬来时，附近的山崖下还有茅草屋，四周广阔而寂静。跟现在相比，当初听到钟声的几率要大得多。可在当初的记忆里，钟声在畔，凝神静思的美景却如何也搜索不到。细细想来，直到十年前，我才终于领会到那净化心灵的音韵，也得益于此，才能心中坦然，身体舒泰。

然而，一九二三年发生了震惊世界的关东大地震，在那次地震中，死伤者和失踪者达十余万人。震灾后，那钟声似乎也不同于往日了，我在心中不住地祈祷：希望再次听到那曾经令人留恋的钟声。

钟声虽不分昼夜，准时准点地响起，却由于车声、风声、人声、广播、飞机、留声机这些杂音的干扰，很少传到我耳中了。

我居住的旧宅立于山崖之上，从后窗向西北方远眺，便能望见日枝神社和冰川的树林。冬天，从富士山吹来凛冽的西北风，如利刃般划过大地。崖边的竹林和院中的树木在狂风中抖作一团，整个房屋和啪啪作响的窗户一起晃动。跟冬季凌厉的西北风相比，夏季的东南风要温婉动人许多。春末夏初，从东南方吹来的阵阵清风，吹醒了人们的心灵，吹开了各家的门窗。自此，耳边终日充满了从四面八方涌来的广播声。而钟鸣这个美好的词汇则完全被忘到了九霄云外。如果哪天突然听到那么一两声钟响，反而会让人惊讶不已。

据我多年来的经验，最悦耳动人的钟声，出现在冬夜。尤其是在凛冽的西北风连刮两三天不止，短暂的白昼即将结束，大地又将迎来漫漫长夜之时。狂暴的寒风骤然停歇，整个世界顿显清冷、静谧。悠悠点燃一支蜡烛，照亮桌上的晚餐，正待举筷之际，“咥”的一声钟鸣无比清晰地传至耳际，满含了悠远、纯厚、深邃……令人不禁追寻钟声传来的方向。却只见夜幕初降的天空，寂寞的金星独自闪烁，一轮新月掩映在枯枝中散发着清冷的光辉。

近来，日头渐长，就连黄昏仿佛也被拉长了。天色渐暗，夜幕将至之时，最易疲惫，此时的房间即使是灯火通明，也无心治学。百无聊赖之际，悠然的一声钟鸣不禁勾起心中许多往事，让人陷入沉思，以至于托腮的手臂完全麻木也毫无觉察。思绪纷飞，想到辞世的友人及其遗作，怀念不已，于是翻箱倒柜地找出品读，沉醉其中，直至夜深。

转眼已是仲夏，浓浓绿荫不仅阴凉了庭院，就连整栋房屋仿佛都笼上了一层淡淡的绿意。午后的小雨细密而绵长，汇聚成滴的雨珠滚过嫩叶顺势滑落，无声地滋养着大地。暮色已起，淅淅沥沥的小雨丝毫没有要停的意思，透过细雨、嫩叶传来的钟声，比以往更具柔情，更为深刻。像铃木春信旧版画上的着色和线条，散发着丝丝慵懒的气息，但在这秋日渐近，西风渐冷的夜晚，那断断续续的钟声更像不甘的屈原在吟诵《楚辞》。

一九三二年夏，随着世事的变迁，钟声传来的音韵和明治时期的明显不同。它低诉着，满含忍辱和悔悟。

西行、芭蕉、皮埃尔·罗奇，还有小泉八云，他们在各自的一生中，一定都曾听到过这样发人深省的鸣响、吟唱或低诉。然而，不论是曾经还是现在，无一人在其作品中提起过这隆隆作响、催人奋进的钟声。现如今，时势的变化已然如离弦之箭般不可扭转，就连佛教的礼法、僧侣的生活方式都发生了改变，早已不是芭蕉、小泉八云等人在寺院静听钟声的情形了。不知道僧人半夜起来敲钟的习惯，又会持续到哪一天呢？

每当钟声不期入耳时，我就不由得想，怀着和前人同样心境静听钟声的，也许只剩我一人了吧……

昭和十一年（一九三六）三月

（译者：牟倩）

十日菊

一

院子里的山茶花将落时，震后[①]举家搬到大阪的小山内先生和柏拉图社之主一道上京造访我家，他二人见我近几年辍笔不耕，便前来劝我重拾写作。

其实我旧书桌的抽斗里闲置着两三份草稿，不过都是半途而废的庸作，但若要将它们重新制成稿纸，我又于心不忍，而且更不愿如此辜负好友的美意。

我费尽心思想到最后一条退路，那便是讲讲我弃笔不耕的原因，好以此搪塞一时。他二人来访于重阳之后，故题做《十日菊》，借此来抒发友人造访之喜。虽然为自己的弃稿再费唇舌，无异于荒废光阴，但这又有何妨呢？

二

我住在筑地本愿寺旁时，曾斗志满怀地准备写一部名为《黄昏》的长篇小说。起笔之时，我洋洋洒洒地写了百余张，

① 东京大地震，1923年。

之后便将其扔进抽斗里，再未动过笔。后来我又搬到现在住的地方，算来已有四五年的光景了。在此期间，我常用这些底稿来擦拭烟管和煤油灯，所以现在抽斗里的稿纸已所剩无几。顺便提一句，我个人觉得旧时的灯笼和煤油灯是家中不可或缺的物件，因为每逢刮风下雨，电灯都会罢工。

回到正题，我之所以搁笔丢弃那百余张底稿，是因为我发现自己把握不准文中女主人公的性格。女主人公留美归国后，和国内的女文学家相互交流，在神田青年会馆参加某妇女杂志主办的文艺演讲会。我就停笔于主人公要发表演讲这一场景。

创作之初，我对于主人公的父亲期盼爱女归国的内心描写，还算得心应手。因为我觉得自己颇为了解明治维新前后的人物性格。与此相反，我对于当时的新女性形象，可谓是雾里看花，水中望月。我深知靠想象来弥补观察不足，实不可取，所以我决定在找到合适的人物原型前，停止写作。

我每逢写完几个段落都会邀请好友井上哑哑来听评我的拙作，这是我尚未踏足文坛时便养成的一个习惯。

井上年轻时，喜欢式亭三马和斋藤绿雨的作品，他希望自己有朝一日可以成为不逊色于这两位大师的讽刺家，所以他对于点评他人的作品有着一套自己的心得理论。他统计过樋口一叶《青梅竹马》中某个助词的使用次数，也记录过同一句格言在红叶山人的作品中重复出现的频率。在他眼中，当时文坛最为不济的文学家非国木田独步莫属。

电车司机曾从那年的某个雪天傍晚开始集体罢工。足不出户的我本不知道此事，但在艺伎的车刚要出入筑地巷子时，井上突然来到我家，说起因为电车罢工，他只好从蛎殻町办公地冒雪步行过来，我这才得知此事。那时他是每夕新闻社的校正科科长。

于是，我们晚上一起去一家名为宫川鳗屋的店里吃饭。途中，他问道：“上次那个小说写完没？”

“没有，写不下去了。新时代文学女青年彻底难倒了我，怎么写都不自然，总感觉人物缺乏灵魂。”

上了宫川的二楼，我们走进一个包间，透过包间的窗子可以看到旁边盆栽店积雪覆盖的庭院。我一坐下便开始讲述自己所遇到的创作难题。井上不时仰头喝上几口酒，五六盅下肚后，空腹的他便有点眼神迷离，醉意微醺了。“女文学家的演讲，就算不专门去听也能想出个大概嘛。无非是舌灿莲花、妙语连珠那种，这兴许就是艺术之所谓艺术的原因吧。”

“话虽如此，但如果没有亲耳听过，我实在无法安心。我甚至连她们穿什么都不知道，总不可能每个人都穿着冒牌的大嶋吧？”

“我也不清楚最近流行什么，不过只要加上‘大正’、‘改良’等字眼不就得了。”井上几乎是杯不离手。

“那种人大多都穿藤表低齿木屐，后跟磨损处粘着郡部的红土，一双大脚塞在木屐里，和服下摆啪啪作响地迈着八字步。”

“还有，最好把i和e的音搞混。你观察下电车上读小说的女生，她们说话十有八九都带有乡下口音。”

“我觉着东京话最近有点过气了，讨论选举、劳务等时事时，没有点乡下口音总让人觉得不舒服。考究的东京话似乎不具有弹劾内阁的气势。”

“不光是演讲，文章也是如此，用方言来表述会更有新鲜感。”

井上曾指出砚友社各家的弊病。在他看来，人们现在爱用的发展、共鸣、节约、背叛、宣传等来自西方翻译作品的词语，实属不堪入耳。

“这些奇怪的新词大都是在东京的乡下人带来的，之所以会流行，就是因为越来越多的人不知道自古惯用的词语。这年头，年轻女性遇到即将下暴雨的天气，都说什么‘低气压’、‘暴风雨’。向车夫问路时，明明是‘交叉路口’，却偏要用‘十字路口’或者‘大约前面一街区’的说法。甚至有人不知道御稻荷神[①]，简直是不像话。有些木匠和花匠也是，明明是‘活干完了’，却要用‘全部完成’这样的说法。算账变成了买单，收条变成了收据。”

正如井上所说，我们叫女服务员买了单，美滋滋地离开了宫川二楼。筑地街上没有电车通过，一望无际的银白，万籁俱寂，只有雪落在纸伞上的沙沙声。我看天色不早，便邀请井上去我那儿住一晚，他却说自己一向健步如飞，婉言拒绝了，借着酒劲转身向筑地桥的方向归去。

三

正巧在我停笔《黄昏》的那年五月，帝国剧场女优剧的第二档上演了我七年前写的一个名叫《三柏叶树头夜岚》的剧

---

① 日本神话中的谷物和食物神，主收。

本。那时，帝国剧场虽已建成十年，但却是我第一次来到后台，也是从这时起，我才有机会见到那么多女演员凝脂洗净的出浴美景。

在剧场尚未正式营业时，我借《三田文学》编辑的身份，和文坛各前辈一起参加了在帝国饭店举办的剧场开业晚会，并受邀观看了首演。之后十年，我因囊中羞涩便不常进剧院看戏，至于此中缘故，便不再赘述。

比起以前很少去看戏的原因，还是说说为什么现在频繁出入剧场吧。在拙作《三柏叶树头夜岚》还在后台排练时，我就常常连夜出入帝国剧场，有时还请女演员们在附近的咖啡店喝香槟。好事之徒便就此捏造了许多绯闻。

我在此想讲的并不是像巴黎明信片上所印的风流韵事是否发生在我身上，而是想说我通过帝国剧场的女演员，开始渴望呼吸外界的新鲜空气。我曾经只爱听宫薗调①这样的古曲，现在也开始欣赏一些流行歌曲。终于如我所愿，我脱去了细条纹的旧衣服，换上了结城茧绸②的新衣。

思想潮流日新月异，朝新夕腐。槿花一日自为荣，何事秋风悲画扇，绝不是宫廷词人的无稽之谈。正如我之前所言，帝国剧场已经历了十年的风霜，如今是否还能立于时代前端，大家还是见仁见智吧。

我在帝国剧场的西洋歌剧和音乐会的听众里，不断地寻找

① 日本净琉璃流派名，由宫古路八首次演唱。
② 日本茨城县的结城市所产的茧绸，在日本十分有名。

小说《黄昏》中的人物原型，也细心观察来有乐座[1]观看西洋翻译作品的人们。我慢慢开始了解现代女性的习惯特色，这也使我明白自己面临着多么大的困难。大多数的艺术创作不光需要细致入微的观察，也需要和笔下人物有着相同的感受。若是作者无法感同身受，那创作出来的无非是没有灵魂的傀儡。观察新时代女性根本不能引起我的内心共鸣，只让我感到自己具有一双辛辣锐利的眼睛。我心里有着难以更变的成见。所谓成见便是传习的道德观和审美观，只有破除了这些旧观念才有可能成为旷世奇才，而我并不是这种人才。

我眼中的新时代女性，就犹如妇女杂志封面上的彩色石版画。我对她们的感觉就像站在郊外新建的城镇上，看着霓虹闪烁的夜店，听着穷学生在街头拉小提琴卖唱一般。

小春和治兵卫的故事[2]只有大阪的净琉璃才能讲得出彩，而浦里和时次郎的爱情[3]便得江户的净琉璃来传颂，马斯卡尼[4]的歌剧就只有意大利语的才动听。

然而现在的女子，身上披的和服外褂和窗帘布一样，盖耳式的发型就像包着黑色的大头巾，手上提的包也犹如煮熟的章鱼一般。要生动地描写她们走路的姿态不光得有合适的模特，还需要作家拥有与时俱进的思想和眼光。

在江户时期，年过半百的为永春水创作出《赏梅船》；花甲之年的柳亭种彦还孜孜不倦地写着《田舍源氏》，这些都不

---

① 剧院名称，位于日本东京都千代田区有乐町。
② 近松门左卫门创作的吊线木偶弹唱剧《殉情天网岛》中的男女主人公。
③ 初代鹤贺若狭掾所作《明乌》中的男女主人公。
④ 意大利的作曲家和指挥家。

仅仅源自他们卓尔不群的文采，也与他们不断接受新思想有着密切关联。

四

在筑地本愿寺旁居住时打的底稿，除了用来擦烟管外，也别无他用。

但我十分惋惜所浪费的时间和纸张。我素来只用石州制的原浆纸，所以用这些废稿做扫灰的掸子，或揉软了做厕所的手纸等都是极佳的。废物循环利用的益处并不是那些写着无聊文字的草稿所能相比的。

我在此之所以向各位同仁提倡别用钢笔和西洋纸，仅仅是出自想废物再利用的苦心。

昔日，在剧场的作家房间里，第一次见习狂言作家的工作时，前辈们都会在教你如何写摘要之前，让你先学习搓纸捻①，然后再教你如何敲梆子②。我曾经嘲笑说，这是一种陋习，但现在想来倒觉得理应如此。如果不知道如何搓纸捻，便不会订纸张；不会订纸张就别提写摘录了。万事皆有序，这是再自然不过的事情。有人说现在作家中，只有我和生田葵山两人用和纸打底稿，其实亡友井上也是如此。

我看到千朵山房寄到《明星》杂志的书稿，没有打格子的普通和纸上，用毛笔书写的字体，楷行相间，清秀有力，犹如行云流水般。

我常常搬家，但每次都会带一株栀子树移种在院子里，不

① 将和纸裁成细长条后捻成的带状物，可用于装订书稿。
② 用来计算音乐的节拍。

只是为了欣赏，也是因为栀子果可以作为底稿打格子的颜料。每逢快到冬至的时候，栀子果便变红成熟，饱满欲裂。冬日斜阳下的庭院里，我在小鸟急忙归巢的啼叫声中，采摘栀子果。冬夜孤灯下，我一边烤着冻僵的指尖，一边在一个破旧的砂锅里煮着摘来的栀子果，然后用煮出的汁液在稿纸上打格子。这之中难以言表的情趣便是打格子时，心底清如泉水，没有一丝杂念。之所以会如此，其一是因为此时无暇顾及闲事，其二是因为雕虫之苦，推敲之难常让人不敢喘口大气。

今秋幸免于难[①]的庭院早早地迎接来了冬天。我搁下笔看向窗外，斜阳夕照在院子里，熟透的栀子像火烧一般，红橙透亮，待人采摘。

大正十二年（一九二三）癸亥十一月书

（译者：邵冲）

---

① 大正十二年（1923）九月发生了关东大地震。

悬崖

在为数众多的江户名胜导游手册中，《紫之一本》、《江户物鹿子大全》都属颇具历史的书籍。遍览这类书籍，会发现基本都是以坡、洼、崛、池、桥等为主线，按地理区划对江户的古迹名胜进行分类说明。但这些书中的分类，与其说是按地理性质区分，不如说是按人们的游玩兴趣将古迹分类。就如同说到山谷，就会列出日比谷、谷中、涩谷、杂司之谷[①]等等，但凡地名中有“谷”字的都能列入山谷之类。由此看来，江户轻文学的任何地方都有值得我们去发现的精彩。

在前面的文章中我已对东京的水、小巷以及闲地等各个有趣之处做了介绍，在此再加上“悬崖”一篇仅供观赏。

悬崖如同闲地、小巷一样为我的晴日木屐之旅平添了不少情趣。之所以这么说，那是因为崖上有着野竹、芒草、刺蓟、乌蔹草等等各种更样的杂草，它们相互交缠，在那繁茂的枝叶

① 以上四处均为东京都地名，且都与山谷无关。

间清泉涓然涌出，地下水时不时地发出河川般潺潺的声响。崖上还有些许的树木，倾斜的枝干、交错的根茎，看似就要落入水中的样子，构成一幅幅美丽的画卷。倘若没有这些树木、杂草的映衬，夕阳映照下的东京市内的红色峭壁，远远望去就宛如堡垒一般，透着些许的悲壮。

东京市内的悬崖自古以来就没有一处具有能够引人入胜的名称。《紫之一本》等书中虽有洼地、山谷等分类，却不见介绍悬崖的任何篇章。尽管如此，从东京高低不平的地势来说，无论古今，悬崖都毫无例外地耸立于市内的各个地方。

从上野到道灌山①、飞鸟山一带，乃悬崖中最为壮观的。遮挡住神田川的御茶水绝壁，原本就有“小赤壁”的美誉，堪称悬崖中最美艳的画卷。

从小石川②春日町到柳町、指谷町的低地，眺望本乡高台③，随处可见东京未通电车之前，地势风景还没有遭受严重破坏时，那丛草葱郁、树干茂密的美丽崖景。从根津的洼地仰望弥生冈、千驮木④的高地，这里也有美丽的绝壁景色。沿着绝壁的顶端，有条由根津权现⑤通往团子坂之上的道路。往来于东京城，再没有比这条路更让我心生欢喜的道路了。这条路的一侧被树木、竹林覆盖，即便是白昼也会呈现一片昏暗阴凉。另一侧，是羊肠小径，行走于其上让人不时担心，似乎一不留神就会掉下去。顺着足下的缝隙望向崖壁之中，崖壁里生长的树木

---

① 江户时期东京著名的景区，与西侧的富士山及东侧的筑波山一同被誉为山景极佳的景区。

②④⑤ 地名，位于东京都文京区。

③ 东京都文京区五处著名台地之一。

枝叶之间，隐约可见低洼处犹如谷底一般狭小的人家屋顶。抬眼望向远方，无边无际的广阔天空中，能够看到自由的浮云漫无目的地飘逸。左手方向连接上野谷中神秘的黑色森林，顺着右手方向一眼就能眺望到神田、下谷、浅草[①]的街景，纷繁街道那恼人的喧闹声，也因这距离显得柔和，不由得让我想起了魏尔伦的诗句：

那和平的声浪，

自城市传来……

当代学硕森鸥外先生的宅邸就位于这条道路的边上、团子坂顶端的地方。站在二楼的栏杆处顺着屋檐可以眺望到远处的大海。我听说，正是因此先生才将此楼命名为“观潮楼”（据闻这便是后来团子坂别名望汐坂的由来）。我有幸受到先生的邀约登过几次这观潮楼，只可惜都是晚上来的，所以一次也没能观赏到美丽的潮景。取而代之，我在这里听到了那无法忘怀的、深沉的上野钟声。那是个残暑未尽的初秋黄昏，许是先生还在用膳，我在下人的带领下独自一人登上这观潮楼。我记得楼上大概有大小两个房间，其中一间的壁龛里挂着一幅写有“雷”字的拓本卷轴画，上面的雷字好像颇有些来历。卷轴下方放着一个大大的中国式的六角花瓶陶器，因为花瓶里一朵花也没插，反倒显得无比静肃。客厅里除了墙上的卷轴和地上的花瓶之外，没有放置任何东西。我顺着敞开的四扇和式拉门向里间望去，只见屋子的一角摆放着一张四条腿的桌子。那桌子

① 地名，位于东京都台东区。

就好像一个置物台，只是一张木板和四条腿，连抽屉也没有，更不要说有什么雕刻的装饰了。桌上没有砚台、墨水，也不见纸笔等物。但在桌子后面立着的六块屏风边上，能看到一堆用绳子捆着的西洋报纸、杂志。我好奇地再次伸长脖子一看，只见这屋里的墙边上，高高地垒着许多各式大部头的西洋书籍。联想到这世上有那些并不读书却堂而皇之地将书摆放在醒目位置的看客，先生这样嗜书如命的文人做派真令我叹服。就在我不由得开始敬重地思考自《栅草纸》以来先生的文学作品及其品行的时候，一阵伴随着浓郁桂花香气的晚风袭来，驱散了残暑的炎热，也送来了上野的钟声，那钟声惊醒了独坐观潮楼上静待主人的我。

我回头望向钟声传来的地方，从千驮木崖上可以看到，整个城市都被包围在一片苍茫的暮霭之中，万家灯火就在那暮霭的底部散发着诱人的闪闪光芒。在上野谷中的森林上空，黄昏的微光如同云彩一样，留下了梦一般的痕迹。这让我不由得想起夏凡画中的圣女杰内卫埃布宁静俯视巴黎夜色的场景，又或者古罗马万神殿壁龛上那神秘灰暗的色彩。

钟声拖着悠长的余音声声入耳。随着钟声的涌动，森林的影子越发暗淡，低处城市的灯火逐渐明亮，人声鼎沸、车马喧嚣，将钟声最后的余韵淹没。我茫然地再次环顾这观潮楼，从这座空荡荡的观潮楼上眺望市内的灯火，侧耳倾听那阵阵钟声及车马的喧嚣，想象鸥外先生安静地执笔读书的模样，此时不禁感叹先生宛如夏凡壁画中的人物那样神秘。

就在这时，从楼梯处传来先生连连道歉的声音：“不好意思，让您久等了，失敬、失敬！”说着先生书生气十足地来到二楼，他身穿一件平纹细棉布白衬衣，下面配着带有红色条纹的军裤。如无特殊情况，鸥外先生周末都会在二楼这间租来的房间里悠闲地度过。

“热天只有这个最解暑！”说着，先生便把女佣端来的盛有雪茄的银盘推向我，劝我抽雪茄。先生在陆军省医务局长室与我闲聊时，也必会向我推荐雪茄。若非要说先生一生中有什么奢侈的爱好的话，恐怕就是这雪茄了吧。

这天晚上，我亲耳聆听了先生有关欧肯哲学的感想，结束时已是夜晚九点多钟。我再次沿千驮木的崖道向根津权现方向走去，绕到不忍池[①]后面，在耸立于东照宫背后的悬崖上，细数了一阵树间的星辰，之后便登上了去往广小路的电车。

我出生在小石川，那里也有许多悬崖。首先想到的便是从茗荷谷的小径两侧仰望到的悬崖。一侧是光听名字就让人心生厌烦的切支丹坂，另一边是与此斜斜相对、山路般细细蜿蜒的坂道，如今我已忘记这坂道的名字，它一直向小日向台町[②]背面蜿蜒延伸而去。如今这两侧的悬崖就像当世风格的石墙一般，毫无趣味地堆积在一起。崖上的竹林、树木均被砍伐，完全失去了从前那种惊人的微暗之美。

记得还是我七八岁的时候，切支丹坂的悬崖中部，因为大雨或是什么别的原因，突然出现一处很大的方形洞穴。这裂开

---

① 位于东京都台东区的，上野恩赐公园。

② 地名，位于东京都文京区小日向町。现在的小日向町，由过去的小日向台町、小日向水道、茗河谷町等地合并而成。

的洞穴深不见底，附近的人们都认为这许是曾经在切支丹坂宅邸时期挖掘的地下通道。

穿过茗荷谷去往小日向水道町[①]方向，道路中央耸立着一棵高大的银杏树，还有一座神社，里面供奉着许多草鞋和砂锅。水道端大道的一侧有几间寺庙毗邻，寺庙各式各样的栋门连成了一排。至今这里依然是我钟爱的散步去处。这条大道走到底，在去往音羽[②]方向拐角处，高耸着大塚火药库所在的悬崖。崖顶生长着稀稀落落的各种树木。每逢冬季崖上草木枯黄，候鸟盘旋于残落枝头，总有种像在观赏文人画卷般的感觉。与此相对，眺望远方牛込[③]方向的赤城高地，正前方是目白山侧面的悬崖。自目白眺望到的景色，正如蜀山人在《东丰山十五景》的狂歌里所写的那样，自古以来颇具盛名。

蜀山人记曰：

在东丰山新长谷寺目白不动尊尊居的玉山，距离宝永年间，再昌院[④]法印居住的关口疏仪莊很近。在西南倾斜的影子下，眺望常年不化的富士白雪，在千町稻田的绿色中沐浴徐徐凉风，心情格外舒爽，在物部翁[⑤]去往牛込之时也有过此景吧。

南郭、春台、兰亭等人，曾分别将这附近的十五景做成唐歌一卷。让我这出生于牛込附近的人，不禁怀念那周边的风景，照着那唐歌也做了夷歌一首，于天明之时在大黑屋的高

---

① 地名，位于东京都文京区小日向町。

② 地名，位于东京都文京区北部。

③ 东京都新宿东部地名。

④ 寺庙名。

⑤ 即荻生徂徕（1666—1728），江户中期儒学家。成立古文辞学派，批判朱子学的古典解释。

殿之上，为母亲庆贺六十大寿之际，反复出现了“堰口纸漉”（纸漉：洗抄和纸）、“目白瀑布”等词。

鹎山樱花

曾经鼹鼠化山樱，朵朵散落山野间。

城门绿树

木鱼声声青叶山，箭楼（望楼）映照牛込门。

溪边流萤

头大好似某个谁，镰仓路上舞流萤。

稻田落月

露珠凝结霜晚稻，早稻田里落月影。

平田香稻

平田稻香收成好，恰似海船远洋帆。

寺前红枫

寺前饮酒赏红叶，晚霞映照显娇颜。

月中望岳

八叶芙蓉桂花香，一朵开在枝头上。

江村飞雪

雪中之酒乡村里，一心只为江户川。

长谷梵宇

冥王古树发新支，长谷寺中一法师。

赤城霞色

朝夕霞光映赤城，流光溢彩映山间。

高田丛祠

明灯映照高田上，穴八幡与谷神水。

济松钟声

济松寺里祖心尼，洪音娇好似古钟。

田间一路

横越蟹川之急流，直往门田之中道。

岩畔酒垆

杉树门边目白茶，羽殇岸上起飞花。

堰口水碓

水车车水不停转，堰口逃脱人眼目。

去年年末我与岩谷四六君（小波先生的弟弟）邂逅于木曜会的年末聚会上，谈话中我们时常提起我的《晴日木屐》。四六君谈到，从前在攀登麹町、平川町到永田町的内道时，曾见到过一座幽邃的崖壁。那时小波先生和四六君同住在永田町一六先生（岩谷小波的父亲）的宅邸。碰巧那时父亲临时居住的馆舍就在那附近。我便得以回忆宪法发布时寂寥的麹町城内的种种事情。父亲居住了大约一年的某部门官邸，庭院前也是一处陡峭的悬崖，崖上生长着一片葱郁的竹林。竹林里有许多蟾蜍，让人很是畏惧。夏日的傍晚，天还没黑就有十余只蟾蜍跳到前院，宛如一块巨大的鹅卵石铺设在院子中央。院前悬崖的对面，隔着细细的小路便是德国公使馆的高台，背后依然是树木茂密的悬崖。自小受日本传统迷信思想的熏陶，在寒冷的冬夜里，时常会想起幽灵之类的事来。每当独自一人穿过漆黑的走廊上厕所时，都要强忍住内心的恐惧。但透过窗纸缝隙望向悬崖对面，树林深处巍然挺立的西洋馆舍，窗前灯火通明，同时还一阵阵流泻出钢琴的音乐。这一切，不禁让我感叹西洋人那不可思议的生活。

近日当我穿上那晴日木屐，信步于这城市之中时，引我驻足的便是芝二本榎①高野山背后或伊皿子台②眺望大海那一带的悬崖。二本榎高野山对面的上行寺因为有著名俳人宝井其角③的墓而为世人所知。从本堂所在的悬崖上，俯视犹如盆底的上行寺墓地全貌，那景象与宝井其角的墓灵都让人着实难忘。还有白金古刹瑞圣寺背后的幽邃悬崖，也是值得多次曳杖前往的观崖之处。

麻布④赤坂也有很多和芝一样的悬崖。我生在山手，长在山手，很是羡慕下町独有的那些船帆、吊桥及河岸的景致。然而家乡这悬崖及坂道的凛然风景，正是山手的骄傲吧。在《隅田川两岸一览》一书中，只对河道景象进行描写的北斋，不是也为山手写了三卷《山复山》吗？

(**译者**:魏海燕)

①② 1967年之前的旧称，1967年7月1日之后属高轮一丁。东京都港区地名。

③ 宝井其角，（1961—1707）著名俳句诗人，是松尾芭蕉的学生。

④ 地名，东京都港区。

坡

虽与上一章的《悬崖》略有重复，但依然想说说这市里的坡。坡即平地之起伏。平坦的大道走起来无磕无绊、行车安全、运输货物成本低廉，但对于无聊苦闷，想散散步打发时间的人来说却过于单调。东京市内的景观形成一条风景线，那美景却只有在运河岸边才能领略，因为那里有桥有船。然而如银座、日本桥一带这般平坦大道，终究未能给人在西方城市体验过的那般感受。即便在西方城市，较之纽约平坦的第五大道，我更喜欢哥伦比亚高台的石阶；较之巴黎大道，我更热爱蒙马特高地。时至今日，仍无法忘怀在里昂的那个夏日的黄昏，我漫步在克鲁瓦鲁斯的坡道上，隔着历经风雨的石栏杆眺望索昂河两岸，那景致每每让我都禁不住想，法国城市的每个角落为何都如此醉人，柔软地拨动着人们的心弦，让人耽于遐想，犹如梦境般无法自拔。

那时，我尚未到而立之年，心高气傲，踌躇满志。虽孤身漂泊，却毫无漂泊于他乡之哀愁，所到景色怡人之处，竟有在此安身立命，入土为安的冲动。抚今追昔，怀念过去的日子，如今的我，虽鬓发未白，但却精魂渐衰，依旧碌碌无为。苦闷之时，怀揣江户地图，脚踩矮木屐，重游那些早已在读狂歌俳句时烂熟于心的名址遗迹，那般感慨，连自己都忍不住掩襟拭泪。正如江户流行的小曲中所吟诵的：虽为陋室，也有蓬荜生辉之时。想必圣人之所以为圣人，大概就在于，身处逆境也不会徒然伤悲，轻视卿卿性命。因此，无论我们现如今所居住的东京这座城市多么肮脏丑陋，只要长住此地，就必须有一颗在肮脏丑陋中觅得几分秀美和情调的心，以此愉悦心身，极力使自己能切身感受到所居之地的一些好处来。或许我本未这么想，只是踩着木屐散步之时才有了这样的想法。

就面积和人口而言，东京都是世界上屈指可数的大都市。比起行走在银座、日本桥那样的热闹街道，站在山手坡上远远眺望市区，更容易让人体会它的繁华。即便像我土生土长，对这里的一切太过熟悉而失去兴趣之人，偶尔登上九段坡、三田圣坡或霞关，不知不觉间竟也会为那广阔的视野放慢脚步，流连忘返。可以说只有在这里才能最充分地感受到东京的宏伟气魄。自古以来，远眺东京的名所要数自上而下从赤坂的霊南坡至芝西久保的江户见坡。在那里，可以面对爱宕山，将日本桥、京桥以及丸之内尽收眼底。位于品川区御台场芝伊皿子台上的汐见坡也因得天独厚的天然地形和适宜的距离而闻名。品川御台场的行人脸上洋溢着的幸福表情，便足以证明自古以来江户名所图中所列之地确非浪得虚名。

在我看来，东京市内的观景之地有：神田御茶水的昌平坡同浚河台岩崎邸门前的坡，都是俯视万世桥和神田川的绝美之地；皂角坡和牛込、麴町的高台是眺望富士美景的绝好去处；饭田町的二合半坡，可以将护城河、江户川、小石川牛天神的森林尽收眼底。和这一景致正好相对的是小石川传通院前的安藤坡、与之平行的金刚寺坡、荒木坡、服部坡、大日坡等，皆适宜眺望小石川至牛込赤城番町一带。观景也有时，最佳的观赏时节或是秋日黄昏，农家灯火摇曳之时，抑或是初夏晴日高处的树木齐吐新绿之际。倘若能在月色皎洁的夜晚，驻足牛込神乐坡，抑或净琉璃坡、左内坡、逢坡之上，眺望倒映在水中婆娑的古松魅影，想必每个人都会惊叹，东京竟会有如此美景。

虽说临坡眺望会颇添情趣，但即便没有了可眺望的景致，倒也不至于说一无是处，只要用心去发现，任何地方都能找到充满诗情画意的美景。就比如，四谷爱住町的暗闇坡和麻布二之桥对面的日向坡，都是些只有附近居民才叫得出名字的极其普通的坡。然而暗闇坡却是极其陡峭连车都上不去，坡的一侧，全长寺墓地上的树木郁郁葱葱，遮天蔽日，墓地里杂草丛生，凄然可畏。二之桥的日向坡与流经脚下新堀川的浊水、架在河上的小桥，以及掩映在坡上的朴树，相得益彰，构成一幅唯美的风景画，甚是有趣。因“振袖大火[①]”而出名的本乡本妙寺，其对面的坡与流经坡底的下水道以及小桥构成的画卷也让我印象深刻。下玄月高悬的冬夜里，从赤坂喰違陡然而下至麴

① 振袖大火：1957年3月2日至4日，在江户本妙寺，因火化一位身穿紫色振袖和服的16岁少女而引发的大型火灾。

町清水谷、至上二番町边树木谷的两个坡道一带，深宅大院中犬吠声声，给人一种在城市中无法体会的寂寥感。眺望沿坡而建的庭院以及那里人家的灌木篱笆，都会让我们的视野变得奇丽无比。类似的好去处还有本乡的暗闇坡上旧加州侯藩邸延绵不断的围墙，以及可以望见麻布长传寺的院墙和红门的一本松之坡，都是很好的观景之地。

在众多坡中比较有特点的有位于文京区本乡神田神社后面的妻恋坡、汤岛神社后面花园町的坡。另外，如若不嫌偏僻，还有白金清正宫旁边的坡，以及牛込筑土神社后面的坡，从赤诚神社后门陡然而下至小石川改代町的陡坡，这些神社后面的坡总让人觉得很特别，每每路过都会忍不住驻足眺望。随着地势的起伏，映入眼帘的神社院内的鸟居、大银杏树、主殿屋脊、周围的木栅栏等，有时出现在住户的屋顶，有时则是能从小巷口瞥见，变化无穷，引人入胜。当经过这些安静的坡道时，我常会停下脚步，仔细阅读那里出租屋外面悬挂的招牌，虽然我并无意租住。但我却会如此遐想，如若独居于神社附近，平时伏案读书写作累了，便衣服也不换大衣也不披，信马由缰地悄悄从后门踱步到神社院内，就如同在自家庭院一般，一个人在院子里望望飞鸟，看看许愿牌……什么也不想，悠然徒步，可以轻松地打发那难熬的时间。

东京也有两坡相对耸立，中间形成洼谷的地方，就如上一章提到的市内闲地鲛桥一般，前后便是寺町和须贺町的两坡相对。另外小石川茗荷谷的两端高地也形成对峙而立的坡。小石川柳町，一面是自本乡而下的坡，一面是自小石川而下的坡，两两对峙。如此险峻之地，越是骤然靠近的地方，其景致也越是有趣，有时甚至会让人以为市中心突然出现了温泉街。

从市谷谷町去往仲之町有一段旧石板坡，名叫念佛坡。在麻布饭仓旁边，也有一段同样的石板坡，叫作雁木坡。这些石阶总是能让我想起长崎这座城市，虽然穿木屐走在上面也会有危险，可每当咯噔咯噔地踩在这棱角已被磨平的旧石板上时，便又不由得在心里默默祈祷：东京市区的城市规划千万不要因为交通便利把它们改建成普通的坡道了啊！

(译者：魏丽君　杨晓钟)

便携秃笔

谨以此文作为答复。

想想那已经是一九〇七、一九〇八年时的事了。那是我多年来的夙愿得以实现，初次得见巴黎之时，觉得即使活不过明天便死去也没有什么好怨恨的了。在那里，我呼吸着和那些西方名诗人曾经同样呼吸过的都市空气。我的足下也发出与他们同样的走过街道的声响。那些世界各国的名媛佳丽伸手可摘的花草，我若走向田野便也能同样唾手可得。我仿佛魏尔兰①一般手捧咖啡杯，仿佛雷尼耶②一般漫步于古城，仿佛都德③一般眺

① 魏尔兰（1844—1896），法国诗人，象征主义诗歌主将之一。

② 雷尼耶·M（1573—1613），法国诗人。

③ 阿尔丰斯·都德（1840—1897），法国19世纪著名现实主义小说家。代表作有《最后一课》等。

望塞纳河的清流，仿佛戈贝[①]一般踏入舞池，仿佛戈蒂耶[②]一般徘徊于画廊，又仿佛缪塞[③]一般常常泪流。因而，我成为世间最幸福的诗人，那是因为我体验着那些我崇拜着的人们曾经经历过的情景。十七世纪开始直到二十世纪，法兰西文艺史上那些被记载的名字完全成为于我神一般的存在。然而我不具备用法语写作的能力，只好用日语拼凑些一己的感想。据此，这个弱点却成就了意外的好事。如果我能恣意地运用法语，也许就会引发一些例如轻率地模仿莫雷亚斯[④]，妄想以外国人的身份登上法兰西文坛之类的非分之想。然而万幸的是，我使自己崇拜的那些西洋诗歌尽数变成了日文在日本文坛崭露头角，并因为与当时的文艺风潮气味相投而为我赢得了些虚名。或许纯粹是偶然而已。

岁月匆匆，将近十载。当我回顾起那时的情景如梦一般模糊不清。无论怎样我已经无法以当时的心情看待现在的事物了。即使是同样的事物心境已经不再。我也曾经试图努力怀着流浪诗人皮埃尔·洛蒂[⑤]般的心情观照当初日本的风景以及社会风貌，然而气候特征、风土人情、衣食、居住环境等诸如此类的事物首先入侵我们的“身体”，进而将我们的“感觉”也“日本化”，同时当代政治与社会形态却又让人有种仿佛置身

---

① 弗朗索瓦·戈贝（1842—1908），法国诗人、小说家，被称为“平凡人的作家”。

② 泰奥菲尔·戈蒂耶（1811—1872），法国浪漫主义诗人。有诗集《珐琅与玉雕》和《莫班小姐》等。

③ 阿尔弗莱·德·缪塞（1810—1857），法国浪漫主义作家。

④ 莫雷亚斯·J（1856—1910），希腊法语诗人。代表作《抒情诗章》。

⑤ 皮埃尔·洛蒂（1850—1923），作品有《菊子夫人》等。

于封建社会的感觉。如果一味避讳“封建”的说法，丧失掉封建的可取之处却只保留其弊端的话，那我们除了“自卑的平民时代”之外似乎没有更合适的称呼了。

空想在日渐被毁灭之中。我无法对某派诗人那些类似“用银座的灯火和法兰西林荫大道的活力对比”、“拿东京帝国剧场模仿歌剧”、“以日比谷公园仿造卢森堡公园”的夸张和假设表示欣然赞同。那就好像是比江户时代的汉学家出于快感把“御茶水”称作“茗溪”、把“新宿”写作“甲站”或者“峡站”之类的作为更无意义的事。在知晓作为舶来品的葡萄酒和雪茄的昂贵的同时，我心里也明白了只从“留声机与瓦格纳[①]”和“色彩平涂与高更[②]”看来，我们实在已经没有能力谈论西方的“新派艺术”。进而，日本文学者的事业应该不仅限于阅读新近传来的杂志报纸上刊载的小说评论而已。

我研读西方小说从而得以想象作家的生活，然而当我注目现今的日本时却不得不承认时常感到不可思议。俄罗斯的小说家高尔基据说一贫如洗、家徒四壁。然而他却还是和妻子结伴去久违的意大利游玩。换作日本人的话，究竟有多少人得以和家人同游意大利呢。曾有一位名叫皮埃尔·洛蒂的法国海军士官，他驻扎长崎的时候与妓女来往甚密，进而以此为主题创作小说驰名世界文坛。如果洛蒂身为日本军人，一定会因为此事玷污风纪而被立刻革除军职以告终。我观看歌剧《威廉·退

① 威廉·理查德·瓦格纳（1813—1883），德国作曲家。代表作有《黎恩济》、《漂泊的荷兰人》等。

② 保罗·高更（1848—1903），法国后印象派画家、雕塑家、陶艺家及版画家。代表作品有《讲道以后的幻景》等。

尔》[1]的时候，不禁感慨：那饱受摧残的瑞士的土著居民与暴君抗争的气势，绝不是我们的佐仓宗五郎[2]之流战战兢兢的作品风格能相提并论。威廉·退尔和哈姆雷特很像，在决定杀死自己叔叔的时候都没有太多的犹疑。西方文学无论古今之别两千多年来一直延续着其西洋风格，和背负着两千多年陈规陋习的我们现在的生活感情完全无关，甚至可以说是相差千里。

我身体一直欠佳，饱受季节寒暑之苦。曾经卧床阅读邓南遮[3]著作时，感受到那洋溢在字里行间的作为作家的豪情壮志。心想如若自己也要像他一样留下名篇巨作，要优先涵养艺术的信念。首先要养精蓄锐，使自己拥有扬鞭策马跋涉山水的意气，然后拥有养马在槽的财资，还必须准备好可以纵情奔跑的广袤平原。如此这般，才感受到欣赏邓南遮的作品犹如仰望炎夏的太阳一般，难以企及。

说起西方近代的艺术，比起文学、绘画、雕刻以至音乐如往昔一样不空谈高远的理想，排除概念的理论束缚从而一味汲取鲜活的生命之泉。世事源于信仰动摇的厌世情绪变幻，在发挥生命力的地方追求深刻的欢喜与悲痛。即使我并非原本就想要对抗世界性的思想，但仍希望现在的生活如同那个维尔哈伦[4]的诗里表现的一样，生命力时而猛烈而庄严地呼啸而过。如果西方近代的思潮要想和过去一样带给我们兴奋刺激，就要先

---

① 罗西尼创作的四幕歌剧，1829年初演于巴黎。剧情取自德国作家席勒的同名剧作。

② 戏剧《佐仓宗五郎》中的主人公。

③ 加百列·邓南遮（1863—1938），意大利著名诗人、小说家、剧作家、民族主义者。代表作有《初春》、《新歌》等。

④ 维尔哈伦（1855—1916），比利时诗人、剧作家、文艺评论家。

使我们厌恶自己以及对自己绝望。我绝不是厌恶闪耀着光芒努力奋斗的人。我只是反省自身，并且崇拜那些度过寂寥昏暗的一日又一日却丝毫不悲叹不愤慨，只顾自己悠然自得、安于本分的中国隐者一样的生活。到这里，我从江户时代以及中国的文学美术中感到无限安慰。这些也已经在浮世绘论中多次有提到。

如今，我致力追求跟自己的体质、境遇以及感情最贴切的艺术。我想去环游世界，不再理会当今日本的政治状况及社会普遍现象，把注意力转移到社会底层的无业人员和退休老人的生活上。登上城墙俯身望去，与街道上车水马龙隔开的庭院里充满了鸟语花香，这一切都让人忘记忧愁与苦闷。人生是个双面镜，如同天上有日月，时间分昼夜。人生不仅有活动与进步的一面，还有安静与休息的一面。我放弃主流艺术，追求兴趣艺术，不再顾忌当今文坛的趋势，而是跨越国界，超越古今，只追求与自己最相近的东西，从而获得内心的安宁。两三年前，我曾因久仰意大利未来派诗人马里内蒂①的大名而读过他的诗。但他的作品过分宣扬人生勇往直前的气势，我便没有再看。在我看来，比起战死沙场的勇士气概，留在家中抚养孤儿的老妇和孤零零地往炉子里添柴加炭的老翁们的内心更加可怜。与那些愤世嫉俗、慷慨赴死的人相比，被迫随波逐流的人更加值得同情。

人世立世苦难多，

① 马里内蒂·F·T（1876—1944）意大利诗人、文艺评论家。著有诗歌《时间与空间》。

弯腰低头努力过。[①]

这首狂歌节选自山东京传[②]的《狂歌五十人一首》。读到这首时，我第一次体会到狂歌的重要性。

我并非主张在人前吟咏狂歌、画浮世绘、听三弦。我只是认为，不仅仅只有西方文艺美术才能让我们时而寄托自己的情怀，所以应该努力在祖国的文艺中寻找能够驱动我们现在诗情的东西。文学家的工作不一定非要与文坛潮流保持一致。文艺本来就不是以盈利为目的的商业活动。在接受某一时代的西方流行时，如果文学美术也遵守西方规则的话，世人很明显会非常高兴。但是我并非追求自由，提倡革命；也并非没有幽玄的空想，只一味地游说西方音乐；我也并非没有感受到知识的重要性，盲目地主张西方哲学新论点。我以在失去生命活力的情况下，以一味地逢迎未来派美术这一轻率的举动为耻，更加厌恶那些创造无用的新词，批评文艺，故意质疑报纸上的言论以引起他人关注的小聪明之举。

如今，我抽身而退疏远那些“进取”的气势。幸而我身上的“通俗作家气质”如果能被当今文坛的激进者所排挤厌恶，便是得偿所愿。由此，草拟此文。

大正三年（一九一四）甲寅初春

(译者：王宁　杨雯)

---

① 作者唐衣橘洲（1743—1802），日本江户中期的狂歌师，本名小岛源之助，著有私人集《醉竹集》。

② 山东京传（1761—1816），日本江户后期通俗小说家、浮世绘画师。本名岩濑醒，统称京屋传藏，画师名北尾政演。

百花园

如果现在有谁约我去游向岛的百花园，我一定立即答应。这种感觉就像一个老人偶然瞥见报纸上的某个访谈纪要，于是兴致盎然地读了起来。事实上，跟老人年轻时的经历相比，这个访谈完全是年轻人生涩的讲述，而老人却读得津津有味。

我访问菊坞的经历跟老人看报如出一辙，像他戴着老花镜眉头深锁逐字细读一样，我乘电车几经辗转才到达菊坞。在破败的凉亭下，望着枯树旁平淡无奇的碑文和污浊的池水，一坐就是一个下午。老人之所以会注意到那份报纸，是因为摆在他面前的报纸上恰好有那篇访谈纪要。综观整张报纸，它刊载了不少重大事件，而这对老人来说却无关紧要，他昏花的双眼只是停留在那篇访谈纪要上。其实道理很简单，访谈纪要的内容是老人所熟悉的，不管它写得生动与否，老人都可以随意想象，和未知的新事物相比，这更易于接受并且更具有吸引力。近年来，常听人说在东京的某某处又新建了公园、游乐场，却一直提不起兴致去转转。相反，如有空闲，我更乐意去熟识的菊坞，即便是对着大片的枯树荒草长时间发呆，却也乐在其中。

和坐落在龟户村、远近闻名的梅园相对，菊坞的百花园被称为新梅庄。可惜梅园的梅树逐年减少，最终在明治四十三年（一九一〇）的洪灾中全部死去。记得在受灾的前一年，我还去那里赏了梅花。当时，园中尚有几株梅树，梅花绽放，暗香浮动，让人不禁陶醉其中。于是随性取了挂在枝头的诗笺前来品读，却发现上面竟然印着都市报的广告，顿觉兴味索然，只得怅然离去。

两三年前初夏的一天，我漫无目的地在街上闲逛，经过神田五轩街道的一家旧书屋时，遇到了高桥松筵和池田大伍。他俩由于提前结束了剧场的排练，顺道来旧书屋转转，恰好遇见了我。偶然的相遇让大家聊得不亦乐乎，店主亦是我的老相识，见此情形，乘兴把新收藏的古书拿出来给大家品评。品完古书，时间尚早，三人便决定出去走走，至于去哪却一时拿不定主意。眼前的上野公园绿荫葱葱，却提不起大家游览的兴致。不知是谁嘟囔了句“不知道地震后的向岛怎么样了”，大家仿佛突然有了方向，于是顺手拦了辆车，向向岛驶去。游向岛的人一般都会在百花园休息，作为常客的我们，对此更是毫无异议。事实上，如今的百花园已是一片荒芜，毫无访问价值。对于这一点，大家心知肚明，却对来百花园休息的提议完全赞同。如果这时还有谁一味地向我们强调它已如何衰败，如何不值得前往，就像劝七十岁的老人买医疗保险，或者询问烟花巷的女子是否染病一样荒唐可笑。在我们的生活中，每有新鲜事物出现，大自时事政治，小至生活琐事，人们总是乐于批评指正，以至于没有闲暇去投身自然，欣赏美景。其实，人们也时常在心底为这样的自己感到悲哀，因而在菊坞这个旧时代的遗址前，谁也没有心境再去评论它荒芜的种种了。至于那些想要恢复它原貌的人，也不过是逆时、逆势而行罢了。在白须神社下车后，我们徒步前往百花园。途中，我一直在心中默念：希望能看到百花园最本真的样子，如果还能从中品到一丝苍凉的味道，那就再好不过了。

和料想的一样，在这里你永远不会觉得感伤或失意。沿着如墨水般乌黑浓稠的水沟往前走，从围墙开口处的小径进入百花园，首先映入眼帘的是树荫下大片青翠的苔藓，苔藓的清香夹杂着阵阵野蔷薇的芬芳，沁人心脾。耳边小飞虫的嗡嗡声让整个园子热闹起来。小径的一侧有个低俗的二层餐馆，接连着餐馆的灌木篱笆中央立着个大门，门头上江户时代著名文学家大田南亩留下的墨宝已难以辨认。推门而入，左边是一栋瓦屋，其外走廊的边缘贴满了陶质彩画。正前方是园子的中心地带，除了几个干枯的梅树桩和一个破败的四角亭外，别无他物，倒也显得平坦开阔。中井硕翁移居至此时打的石井台还在，旁边记载它的来历的木板，早已破旧不堪。再看看曾经绚丽多姿的花圃，那片蔓延至池塘边，三四百平方米的土地上，如今长满了野花的嫩芽。花圃北面地势稍高处，有一栋叫“御成厅”的房屋，百日红的参天大树蟠曲在旁，甚是壮观。坐在“御成厅”的外走廊上，俯瞰园中美景：花圃中的小径，翠绿欲滴的嫩芽，远处的池塘都毫无保留地呈现在眼前。暮色渐起，我们览景的兴致却丝毫未受到影响。只见池塘边生出不少水草，池水却是乌黑一片，水面上丝毫不见荷叶的踪影，恐怕连根也没有。在这个时节本应喧闹不休的青蛙也在这里销声匿迹。小鸟、乌鸦就更不见其踪迹了。时节尚早，加之天色已晚，除我们之外也没有其他游客的身影。我们几个人不约而同地注视着庭院中那几株盛开的锦带花和池塘对面那棵直冲云霄的老松，出起神来。园主佐原先生算是我们的老相识，在女佣送上茶点后，他给大家展示了自己的几个小收藏，又一起品评了茶具上的俳句，等到告辞时，已是夜色霭霭华灯初上了。

年号改为“昭和”后不久，由于偶然的机缘，我和两三个气味相投的友人再次来到百花园。和上次一样，从走廊开始，再转到没有花的花圃。记得上次来时，还是初夏，花圃中绿意浓浓，而此刻，眼前尽是霜冻后的枯枝败叶。把它们攒成一堆点燃，夹杂着土腥味的袅袅轻烟在园中飘散、漫延。

青烟袅袅中，我不由得叹道：“没有花的百花园显得苍老了。”一位友人笑道：“花未开时来赏花，抑或花落时分来看景，这倒是合了杜牧的那句‘狂风落尽深红色，绿叶成荫子满枝’，也许这就是风雅吧。”另外一位友人附和道：“花圃里没有花，就像应该出现在某处的事物却没有出现，而看到这样的场景反而欣喜不已的人，是标新立异的人，而这世上，那些不解风情的人又往往是这些标新立异的人。”听完他的话，大家不约而同地笑了起来。

昭和二年（一九二七）六月

（译者：牟倩）

虫之声

我出生在东京古老的街巷里，并在那里度过了长达几十年的光阴。

过往的日子里，那些曾经出现在日日夜夜、成为我生活伴侣的声音和色彩随着时光荏苒，竟在不知不觉中消失不见了。猛然之间，我清晰地意识到，自己再也无从寻觅他们的踪迹时，一股愁思便从我的周身蒸腾而起，将我裹围在绵绵无期的伤怀之中。是的，人往往就是这样：在失去之后才懂得珍惜，就如同那逝去的爱情一般。

夜深人静的夏夜，木屐踩踏在桥板上的回响，踢踏踢踏；门檐上滴落的雨滴打在油纸伞上，啪嗒啪嗒。黄昏时分，大雁掠过稀疏月影时的孤独长鸣；微凉深夜，杜鹃那催人梦醒的欢畅歌声。大雨滂沱的夜晚，船客站在河边吆喝渡船的吆喝声，货船的桨声，夜色中捕捞作业时渔网击打水面的声音……这些声音似乎还在耳畔回响，这些情景也似乎就在昨天。然而，不知不觉中，它们毫无痕迹地从我的生活中消失至今，已过去了几十年的时光。

每到换季时节，行商们都会往来于街头巷尾叫卖生活必需品，那别具特色的叫卖声、吆喝声、讨价还价声不绝于耳，形成了东京一道特有的风景线。然而今时今日，这些都变成了老照片里的故事，只有老人们时常忆起。有很多人，他们从牙牙学语开始到垂垂暮年为止一直生活在这里，倘若他们想要在这个日新月异的时代里去追寻一下那些伴随自己成长、常常在记忆里涌起的古老情怀的话，终究能体验到什么呢？

即便是在树木丛生的郊外，也不常见得到黄莺欢啼的身影。小鸟儿在房屋四周叽叽喳喳地盘旋，吵得人心烦气躁的日子也渐渐消失。我为什么突然提到他们呢？这些日子我回想起已有两三年没听到寺院的钟声了，想起这些，我便愈发地怀念庭院里的蝉鸣和草丛间蟋蟀的小曲儿，现在我想要说的，便是我这般期待的原因。

进入昭和时代已有十八年之久，在东京这块地盘上，只有蟋蟀们的歌声从旧时一直唱到今天，让人一听便心生感慨。蝉声、蟋蟀声，或许连雁鸣和鸟叫都一起连同着时代流逝，成为那个离我们其实并不遥远的时代的纪念品。

有一年，我在浅草公园的一家剧场排练了整个通宵，第二天黎明回家时，四周依旧同深夜里一样寂静无声，当我路过一家出售旅游纪念品的小店时，突然听到了一串儿蟋蟀的叫声，那声音响亮悦耳，甚至淹没了我踏在青石板上的脚步声。一股喜悦迅速涌上了我的心头，那是一种超出在路边拾到宝石还多的喜悦。盘指算来，这也已是七八年前的事儿了。

东京的秋天在每年的八月七八号到来，今年也已到了这个时节，我依旧像往年一样，迫不及待地想要听到蟋蟀的新歌，每每在夜里静候，心想今天会不会听到呢，又或者是明天？但是，根据这些年的经验来看，要想听到蟋蟀们鸣唱，晚一些的年份恐怕总要过个十天半个月的。蟋蟀们起初似乎有些战战兢兢，鸣叫声不够洪亮也不够持久，只是偶尔在树的枝头发出一声短促的叫声之后便归之于沉寂。这时，另一边树枝上的蝉便与蟋蟀一唱一和，悠悠地唱起歌来。

虽说已然进入了秋季，但夕阳的灼热比起夏天却毫不逊色，白昼似乎也没短多少。放眼望去，凌霄花渐渐盛开，红艳诱人；夹竹桃花蕾次第，起起落落；紫薇花也一如往日，繁花似锦。而在凉风突然罢工的夜晚，即便仰首可见银河高挂，也会让人真真切切地体验到“秋老虎”的厉害，那暑热会折腾得人彻夜难眠。

随着日子一天天过去，到了雷雨不见放晴，夜间还下得淅淅沥沥的时节，夏日里始终意气风发的向日葵，刹那间就会叶子变黄，似乎无法承受大大的花盘的重负，再也直不起腰来。丝瓜和南瓜的藤蔓随意懒散地伸展着，藤蔓上的花朵明显小了很多，数量也已经大减。同时，雨过后的天空，便是一番与先前迥然不同的光景：深远湛蓝，澄澈如洗。时而可见一圈云层似乎占据了半壁天空，即便是在无风的日子里，也会层层叠叠，四处飘荡。碧空之下泛着金光的玉米地里，已然熟透的果实长髯飘飘，厚实宽大的玉米叶子随风摇摆，体形修长的蜻蜓在其间上下翻飞。盛夏时节不知所踪的蝴蝶在这时也盛装出行，各展风姿。螳螂也已长到有如拇指般大小，听到人的脚步声后，不仅不会逃跑，反而会高举双臂，似在示威一般。

我在夏日里养成了每晚外出纳凉的习惯，所以即便是到了秋天，晚饭过后也一定要外出走走。有时信步而行，就去了朋友家串门，旧友重逢，常常不知不觉就已夜色阑珊。回家路上，夜风骤然间凉意袭人，戴着帽子的发际也不会再冒汗，身上只觉凉飕飕的，不觉间脚步也轻快了不少。

好容易回到了家，摸索着点燃桌上的油灯，仔细看看，这灯光也似乎与往日不同，忽然间变得清幽而澄澈。这是一种与夏日的喧嚣迥然不同的意境。我呆呆地凝视着灯光和它周围映出的影子，似乎就在那一瞬间，蟋蟀的鸣叫声刺破了黑夜，秋日里的第一曲歌，不期而至了。

然而这次也同之前一样，蟋蟀的叫声起初总是断断续续，第二天便寻不见声响。以后的三四天我便像丢了魂儿一样陷入无所事事的状态，彻夜空等。随着秋色渐浓，黄昏变得惊人的短暂，蟋蟀的叫声便一天比一天嘈杂而急促，它们此起彼伏地唱着歌，直到夜色降临，四周笼罩在黑暗之中。

当夕阳的余韵还未从天空西端消失时，月亮便迫不及待地爬上了树梢。桂花那沁人心脾的幽香随处飘散，和月光融合在一起，如同柔软清凉的丝绢轻抚着人们的肌肤，褪去秋日里的躁动，为这夜色平添几分风情。深邃的天空，宁静的万物，无不具现秋色，一种无以名状的安宁感油然而生。稍作休整的蟋蟀们当然不会浪费如此美景，属于它们的时节终于来了。它们夜复一夜，尽情地高声鸣叫，似乎要告诉人们，自己才是这秋天的主角。

九月前后，雨水渐渐多了起来，每一场秋雨便会引来更多的昆虫精灵们加入演奏。它们的声音混合在一起，犹如瓦格纳的歌剧般气势磅礴。

转眼间就到了秋分前后，不同的年份里，月圆之夜会与秋分重叠在一天。在这昼夜平分的日子里，蟋蟀歌唱家们更是铆足了劲儿将整个演奏推向了高潮。

无论是富人贵胄们居住的山手地区，还是工商业者集中的下町一带，或是行人往来如织的路旁，抑或是胡同里的垃圾桶中，从黄昏开始，整个晚上都播放着这蟋蟀领衔的虫之声交响曲。不久，到了早晚已经略感寒意的深秋，在室内的浴室中，阳台里，以及厨房的角角落落里都能听见它们的鸣叫。蟋蟀们就如同那纵情声色、彻夜不归的纨绔子弟一般，披着满身的晨露，抖抖索索地贪恋起了家里的温暖。

不知何故，秋天似乎是一个会引发人无限缅怀的季节。到了临近冬日，天空就变得阴沉沉的，不见一丝风，也没有一滴雨，日子就像过不完的黄昏一般了无生趣。没有比这样的时节更适合人们回忆和冥想的了。平日里怎么也不会记起的波德莱尔①和魏尔伦②的诗篇在这时候会突然涌入我的脑海："秋天的小提琴　那长长的呜咽"，行将枯萎的草丛深处传来的虫鸣之

---

① 夏尔·皮埃尔·波德莱尔（Charles Pierre Baudelaire，1821年4月9日—1867年8月31日），法国19世纪最著名的现代派诗人，象征派诗歌先驱，代表作有《恶之花》。

② 魏尔伦(Paul–Marie Veriaine,1844—1896)，法国诗人，代表作品有《绿》。

声，正所谓秋日里的抽泣般哀婉、低沉。

难以成眠的夜里，蟋蟀的叫声比恋人亲昵的絮语更令人思绪万千。然而，无论它们怎么鸣唱，终也唱不尽失眠人儿的苦闷和悲伤。为歌唱而生的蟋蟀演奏着它们生命中莫名的哀怨，用我们无法理解的语言，诉说着它们无尽的忧伤。

农历九月十三日之后，月亮渐渐由满及残，灰暗无光的黑夜将持续一段时日。人们早已套上了夹衣，下雨的夜间甚至有人已经支起了火盆，冬天来临了。

那些苟延残喘、一息尚存的蟋蟀们开始了一年的告别演唱会。一阵西风吹过，树叶随风飘落。大吴风草赶在菊花之前开了花，茶花的香味也开始四处飘散……

(译者：张钰婕　杨晓钟)

羊羹

新太郎原本受雇于银座一家名为“枫叶”的小饭店，在那里给厨师当学徒。然而，战争改变了他的人生轨迹。一纸征召令，使得他只能中断修业，应征入伍。两年后，当新太郎退伍归来时，由于实行了战时强制管理，原本熟悉的一切都已物是人非，银座一带也已是一派萧条气象。

由于物资匮乏，东京的饭馆没有一家可以维持正常营业。“枫叶”也只能在门口挂上歇业的牌子，私下招待些熟客以及经他们介绍来的客人。即便如此，十天里也还是不得不停业一天，四处奔波着去搜购酒肴、蔬菜、煤炭这些东西。无论是“枫叶”家的老板娘，还是那些常常光顾“枫叶”的老顾客，都无不悲观地认为，如果战争持续久了，原本十天一次的停业就得停两次、三次，用不了多久，就只能关张大吉了。

看着周围萧条的景象，又闻听世间的各种流言，新太郎暗自琢磨着再这样拖拉下去，不是又被送上战场，就是得进工厂当工人。就算能继续在“枫叶”修业，当个有模有样的厨师，日后在巷尾开家小店也只能是白日梦。倒不如趁此乱世赌一把，主动要求前往占领地，到那里去碰碰运气，也许会意外发现条新的谋生之路。就这样新太郎下定决心，在昭和十七年（一九四二）末托关系加入军队后勤去了满洲。在那里，他凭着之前入伍时掌握的驾驶技术，当了一名司机，度过了四个春秋。

停战后，新太郎再次回到东京。放眼望去，东京已经是满目疮痍，到处是烧焦的废墟。“枫叶”家的老板娘还有厨子上田行卫早已经无处可寻了。新太郎出生在船桥镇向北两里多的一户农家，他只好暂且去那里安顿了下来，后又通过市政厅介绍在小岩町的一家运输公司里找到了工作。

过了一两个月，新太郎就衣食无忧了，无论怎样敞开花钱，他口袋里总有一千日元左右的成沓的钞票。于是他把平日想要的东西都买齐了，从西装到皮鞋整个换了身行头，每天出入于工作所到之处的各个黑市，尽情地吃喝享乐。

晚上，新太郎和五六个朋友就在田地中搭建的小屋里休息。有时趁工作闲暇之余回住在船桥的父母家时，新太郎便会从黑市上买回些十日元一串的鳗鱼串烧，还会特意给左邻右舍的孩子们买些一日元一根的糖果，甚至拿些现金来孝敬老母亲。

新太郎这样做的目的就是想在家人以及邻居们面前显摆一下，让那些曾经训斥过自己没出息的长辈们看看自己混得不错，让他们大吃一惊，是他再高兴不过的事了。

可是没过多久，新太郎便不满足于仅仅是让乡下的人们知道了。这时他想起自己从前在“枫叶”学徒时，一边吩咐自己打杂一边狠狠斥责自己的厨子上田，想起了那里的老板、老板娘和每晚来喝酒的客人。还想起了每次让他出去买烟，把找来的零钱给他当小费的那位先生。新太郎想让他们也都看看自己现在的模样：穿着占领军士兵那样的上等西装，脚上踩着战时军官才能享用的真皮长靴，斜戴着没有檐的帽子，戴着一副墨镜，俨然一副无产者的形象。因此，新太郎在工作时，所到之处，他都会留心打听这些以前的熟人。

厨子上田原本住在下谷区的入谷，新太郎往那边去时专门去了趟区政府打听他的新家住址，但没有结果。“枫叶”家的老板娘原是赤坂一带的艺伎，那时的她二十四五岁，现在也该三十出头了，听说她丈夫那时做木材批发生意，美军进驻后，他的财产被冻结，也不知道现在在做什么，也许境遇非常悲惨。想到这些，新太郎不由得心生了几分同情，突然想要感谢他们当日的照顾之恩，便更坚定了要找到他们的决心。新太郎脑海中浮现出当年生意兴隆的艺伎以及与他们一起饮酒作乐的客人们的身影。那时，老板娘的艺伎朋友里至少有五六个都开有艺伎馆或妓院。新太郎心想，说不定在哪里就会遇到她们其中的一位呢，所以就连开货车时，他都格外留意往来的行人。

一天，有位客人要从东京的中野搬家到小田原，新太郎载着满满一车行李行驶在东海道上。途中，在藤泽附近停车休息。新太郎坐在道旁松树荫下，边休息边吃着盒饭。这时他看见一位打扮讲究的夫人牵着一条波希米亚血统的小狗走了过来。他觉得那位夫人很面熟，也很清楚地记得见过这条狗，但就是想不起来她们的名字了。新太郎一手托着盒饭站起身来向夫人打招呼：

“您好！您应该是‘枫叶’的客人吧。您也来这里了啊，还记得我吗？”

“哦，是你啊。”夫人显然也忘记了新太郎的名字，愣了一下半天才挤出这么一句话。

“你什么时候回来的？”

“今年春天。对了，‘枫叶’的老板娘怎么样了？我想去找她，也曾到镇政府去打听过，但却没人知道她的去所。”

“‘枫叶’在没烧毁前，她们就被强制疏散到外地去了。”

“这么说，她应该没什么事。”

“最近没有消息，好像还住在疏散地呢。”

“那她被疏散到哪里了？”

“千叶县的八幡地区，具体地址我家里有，你把你的住址给我，回家后我用明信片把她的联系地址寄给你。”

“哦，在八幡呀，难怪我打听不到啊。我在小岩的一家运输公司里上班。”

说着，新太郎从装烟草的纸箱上撕下一片纸写上自己的地址交给了夫人。夫人看着纸片似乎才想了起来：“是阿新啊。看样子你这是彻底改了行啊！怎么样，生意还好吗？”

“别提多好了。有干不完的活在等着呢。有机会您可要代我向大家问好啊。”

新太郎一边与夫人告别，一边和助手敏捷地跳上车继续前行。

终于等到了有一天，完工的时候天还没黑，新太郎便拿着找到的地址前往疏散地去寻找“枫叶”的老板娘。

新太郎从国营火车站出了站，在进入国道拐角处的派出所询问了一下得知，京成电车路经八幡神社门前的大街，只要穿过八幡神社的松林，沿着河沟走过四五条街，就是自己要找的地方了。然而，新太郎循路前行时却发现，道路穿行于农田、松林之间，两旁的平房、茅草房、别墅式的大门林立，不断重复着的岔道转眼间便使人迷失了方向。这时，天色已近黄昏，初秋时节的微风摇曳着玉米叶子发出嚓嚓的声响，道路两旁不时传来秋虫的鸣叫声……新太郎感到再这样对着门牌找下去的话，到天黑无论如何是找不到的。但他还是有点不死心，想再找个人问问，如果还是找不到的话，今天就准备放弃了。正在这时，新太郎看见有两三个小孩手里拿着竹竿在捉蜻蜓，便叫住他们询问。其中的一个小孩指着说：“就是前边不远的那一家。”另一个孩子回答道：“你看见那棵松树了吧，就是那里了。”“哦，知道了，谢谢你们。”说着新太郎便来到了孩子们所指的潜门[①]的房前。直到这时，新太郎才发觉刚才好像曾经走过这里，没留神就错过去了。

定睛一看，只见路两旁是冬青绿篱，不远处还有几户类似的潜门。新太郎仔细地辨认着门牌和那棵松树，钻过潜门来到了院内。院子靠里面的地方是个新建的二层楼，房子前面种满

① 日本江户时代出现的一种矮门。为了惩罚获罪的武士和僧侣，将他们紧闭屋中。房门则设置成需要低头出入的矮门，即潜门。

了玉米和茄子。

新太郎沿着房檐拐到厨房门口，刚要出声便看见一个穿着洋装、女仆样子的女人从玻璃门里走出来，在炉子上架锅烧饭。新太郎一眼就认出她就是当初在“枫叶”负责烫酒的阿近。

“阿近。”他叫道。

“哎呀，是阿新。你还活着呢。”

“你看我这不是活得好好的吗？也没缺胳膊少腿！快告诉老板娘，就说我新太郎来了。”

没等阿近传禀，听见声音，从厨房里走出来了一个三十岁左右的女人。她披着一头烫发，身穿价值难辨的合身单和服，腰间整齐地系着半幅腰带[1]。正是“枫叶”的老板娘。

新太郎急忙上前招呼：“您近来可好？我遇见了赤坂的一位大姐，是她告诉了我您现在的住址。”

“是吗？欢迎你啊！太好了，我丈夫也在呢。”说着，老板娘朝屋里叫道：“老公，新太郎来了啊。”

只听里边答应道：“是吗，快请他到院子里来吧。”

新太郎随着女仆来到前院，只见院子里秋天的花草茂盛，五十多岁的老板正坐在檐下，身形庞大，面色红润。

“辛苦你了啊，快坐下吧。这里的门牌很乱，四处打听也不一定找得到呢。”

新太郎答应着在廊檐下坐了下来：“我是今年春天回来

① 腰带的一种。宽度为狭幅衣带的一半，约18厘米，一般用于女人、儿童的和服内衣或浴衣等。

的，也不知道你们去了哪里，所以好久没来问候您了。”

“你现在住哪里？”老板问道。

“我住在小岩。在开货车。每天工作都很忙，挺辛苦的。”

“那就挺好。你来得正好，就在这里吃晚饭吧，我们好好聊聊。”

“上田他怎么样？”新太郎一边脱皮靴，一边询问着厨子的消息。

“上田的家在岐阜，我们也没他的消息，很可能被疏散到别处去了。我们这不也多亏来到了这里，才没被烧光啊。”说着冲屋里的老板娘喊道：“晚饭等会再吃，先拿些啤酒来！”

“好的，马上就来。”老板娘应声答道。

新太郎突然想起口袋里还放着准备带来送给老板的两包美国香烟，但是还没有等他拿出来，就见老板已从袖兜中掏出了一盒一模一样的香烟，从中抽出一根烟卷，随手便把烟盒递给了新太郎。新太郎见此情形，感觉不好意思再把礼物拿出来，手便这么在口袋里插着。

“抽一根吧。”老板边让着烟说，“这年头，配售的烟实在没法抽！你尝尝人家这烟,难怪我们会战败，光看这烟的质量就可想而知啊。”

这时，老板娘把小餐桌搬进客厅，喊道：“阿新，快过来吃饭吧，也没来得及准备什么。”

小餐桌上摆着拌黄瓜、鲑鱼，还有两个空杯子。老板娘拿起一瓶啤酒说：“啤酒只能用井水冰着，可能不太凉。”

“老板，您先请。”待老板喝下一口后，新太郎才端起了杯子。

喝完仅有的两瓶啤酒后他们又换成日本酒，新太郎只喝了两三杯。在老板的追问下，新太郎讲述了自己的情况，一直讲到停战后自己从满洲回来前的种种经历。这时，女仆端进来一个食盒。老板娘随即将食盒里的菜一一摆到了餐桌上。盐烧竹夹鱼、姜煮荷包蛋汤、炖茄子等应有尽有。餐具也是成套的，还有白米饭。

新太郎和老板边吃边聊，话题从食品的黑市行情，到存款被冻结等等，都是些人们茶余饭后常说的事情。聊了一阵，晚饭也吃得差不多了。这时，院子里已是一片漆黑，星星耀眼地在空中闪烁着，耳旁传来阵阵松涛。时不时有飞蛾直冲客厅里的灯光而来，撞在拉门上啪啪作响。隔壁家中好像在烧洗澡水，透过绿篱，隐约可见跳动着的火光。新太郎看了看手表才意识到已经很晚了。

“时间不早了，我该回去了，谢谢您的款待。”

“有空再来聊天吧。”

“老板娘，今天辛苦您了。要是有用得着我的地方，就寄明信片告诉我一声。”

新太郎接连鞠了几躬后来到了潜门外面。外面也是漆黑一片，只有从住家的窗户里透出的几缕灯光。新太郎借着微弱的光线，没费什么周折便来到了京成电车的线路上。也不知道为什么，被原先的老板盛情款待后，反而让他心里感觉别扭。那是一种既高兴，又失望的寂寥的失落感。新太郎自己都很奇怪为什么会有那样的感觉。

新太郎碰了碰兜里没有送出去的烟卷，取出来用力扯开包装，抽出一根烟点上了火。他之前没有想到老板被冻结财产后，现在每晚依然可以又是啤酒又是日本酒地喝着，根本没那么贫困。战后的日本也并没有像新闻报纸、杂志上说的那么窘迫不堪。有产阶级并没有被逼到破产的边缘。旧社会的旧机构也毫发无损。以前生活富裕的人们现在依然快乐如初。想到这里，新太郎觉得自己完全没有得意的资本，无以名状的愤懑之情愈加浓烈起来。

来到公路上，新太郎一眼看到来时路过的药铺，他突然想再痛饮一杯。他在八幡车站前搜寻了一圈，却发现正在营业的店铺中竟然没有一家是卖酒的。这时，新太郎注意到一家类似咖啡厅的店里灯光明亮，橱窗中摆放着明码标价的羊羹等糕点。行人路过，看到那昂贵的价格，都无不露出一脸的惊讶。也有人满脸不悦，大骂着转身离去。新太郎毫不犹豫地冲进店里一屁股坐下，在墙上的价目表中寻找最贵的东西嚷道："来份你们店里最好的苹果蛋糕！还有那个……羊羹甜吗，甜的话先给我打包两三个。我要分给附近的孩子们！"

（译者：马丽 杨晓钟）

十六七岁

十六七岁时，我曾因病休学。现在想想，若无此事，我也许会和普通人一样，拥有自己的家庭，为人父为人子，过着平常人一般的日子。而不会像现在这样，年纪一大把了，还在百无聊赖地玩味着文字。

我十六岁那年，正是日中甲午战争激战正酣的时候。就在那年的年底，我得了流感，直到次年一月底都躺在位于一番街的家中养病。闲来没事，我阅读了《太阳》杂志的首刊。上面登载着某位作家写的明治小说史和红叶山人的短篇小说《取舵》。

到了二月，我重新回到神田某中学读书。但没过一周，病情就复发加重了，这使我在床上一直躺到了三月底。那时正值博文馆以帝国文库为名，开始再版江户时代的野史小说。我躺在病床上，除了《真书太阁记》外，还通读了《水浒传》、《西游记》和《三国演义》等名著。虽说是卧病在床，但年少时读过的东西，让我受用终生。人到中年后，我总想找个机会重读这些作品，但却一直未能如愿。

东京大地震之后，上海的演员曾在歌舞伎剧场表演过有关孙悟空的狂言剧。在观看表演时，我惊讶地发现自己居然还记得原著的词句。在人们谈论《太平记》时，我也能诵出“下海道”一节中的“踏如雪落花，赏孤野春樱”，让周围的人惊奇不已。但令人啼笑皆非的是，我却常常忘记或者写错自己小说中的人物姓名。

莺声喑哑，樱花将开时，我终于摆脱了病床。由于医生建议我易地疗养，于是，我放弃了期终考试，随着父亲准备前往小田原边上的足柄医院。（我在东京的主治医生是在神田神保町创办有畅春医院的马岛永德先生。那家医院的院子里一洼池水，夏末时分，荷花红白相间，婀娜多姿。顺便说一句，那时，自家院子里有池塘的情况并不鲜见。）

我和父亲坐人力车到了新桥车站。因为我三个月没有出过家门，所以下车时老感觉别人将自己当作病号，这令我心烦气躁。上了火车后，我便把帽檐拉得很低，脸朝着窗外，也没怎么搭理父亲。当时，已经有了从国府津开往箱根的电车（但当时并无“车站”一词）。走进疗养院，我们被带上二楼的一个房间，等院长检查完便快到午饭时间了。由于父亲不喜欢医院的饭菜，便带我去了市里的梅园。那时，小田原城的遗迹里，石墙、护城河一如往昔。原是天主台的地方，新建了一座神社。在神社旁，有间用芦苇搭的茶室，那里有望远镜出租。我和父亲去的那家料理店，是一间隐映在护城河旁松林中的茅草顶建筑，门口有一个颇为风雅的柴扉。一进门，映入眼帘的便是一片梅林。我们去的时节，梅花已经由盛及衰，风吹花落，漫天飞舞。我停下脚步，抬头望着翩翩起舞的梅花。父亲回头看着我，满脸的欣慰愉悦，随口吟唱了句古人的诗词。只可惜我没有听清他具体说的是什么。多年之后，当我读到大田南亩和他的后人在御药园赏梅作诗的文字时，总会回想起那日在小田原城址赏落梅的情景。

吃完午饭，父亲一回到医院，便趁着天还没黑便赶回了东京。当时的中学生不像现在，除了当天往返的郊游外，大家都没怎么坐过火车。那时我虽已满十七岁，但却从没去过小田原，所以这也是我第一次离家独宿病室。等我再回到东京家里的时候，已是树上蝉鸣回响的盛夏了。初次独处异乡，那里暮春及初夏的景致，都让我这个病后初愈的少年感受良多。

我疗养的那家医院建在远离市区喧嚣的小山冈上，躺在病床上，也能欣赏到窗外的各种景致，即便是阴天，伊豆的山影也能清晰可辨；晴天里，便可遥见大嶋烟雾。院子后面是一座种满橘子树的丘陵；远处山地上，松竹连绵，夜莺和画眉的歌声嘤嘤不绝。刚入院的一个月，医院每天只允许我外出散步两三个小时，所以我便不太去市里，而是经常漫步于山冈上的松林中，坐在树根上静看箱根双子山山顶上的云起云落。那时我总觉得风动云移，山色万变，是一件神奇的事情。平日待在病房里无事可做，我就会随手翻翻从书店里借来的小说。

和正月发行的《太阳》一样，博文馆的《文艺俱乐部》也发行了首刊。我虽都有读过，但却一点儿也不记得了。但我却清楚地记得，像帝国文库的《京传杰作集》、十返舍一九的

《膝栗毛》，还有三游亭圆朝的《牡丹灯笼》和《盐原多助》等作品，我从书店借来阅读时，书中的插画比文章本身更令我印象深刻。

那时发行的杂志中，唯《国民之友》、《堰水栅草纸》和《文学界》三种，以高深难懂而受世人尊崇。神保町的拐角处有一家名为“中西屋”的书店，我在还没有生病的时候，常和同学去那里买这些杂志。只不过我现在只记得常去买，却早忘了杂志的内容。中西屋的店头摆放着武藏屋发行的近松净琉璃①和西鹤好色本②，但我在十六七岁时的读书品位十分低俗，所以只是随手翻看过，并未买来阅读。

在小田原医院疗养的四个月里，我读了讲谈笔记和马琴的小说。后来看戏时，我才发现曾经读过的讲谈笔记对我理解戏文很有帮助。

住院期间，家里人怕我荒废了英语，便寄来了兰姆的《莎士比亚戏剧故事集》和欧文的《拊掌录》。所以我也常常查着字典，读读英文。

我并不了解现在的中学使用的是什么英语教材，但似乎越来越多的人认为不应该在中学时期学习英文。出于个人的兴趣，我想将三四十年前我们在中学时读过的英文书目罗列在此。那时，英语是小学三四年级开设的，使用的课本是美国的《National Reader》。升入中学便改为教育部新编的英语读本。那是专门供英国老师纠正学生发音用的，名字我记不住了。而

① 日本传统音乐中的一种说唱故事，近松左卫门为其主要代表人物之一。
② 日本近代文学中，井原西鹤的《好色一代男》等以爱欲为主题的作品。

日本老师教语法则用的是另一本教材。剩下的英语书我只记得麦考莱的《印度侵略史》、帕里的《世界历史》、富兰克林的《富兰克林自传》、歌德·史密斯的《威克菲牧师传》和中村敬宇所译的《西国立志篇》的原著等。

初中毕业后，为了准备高中的入学考试，我又去了神田锦町的英语学校补习。在那儿，我第一次接触了狄更斯的小说。

我们接着上文说。我七月初回到东京，没过多久学校就放暑假了，我便和家人一起去了逗子市的别墅度假。当我九月份回到学校时，便因休学留级一年，就和曾经的同学分开了。我因此便不如以前那样爱学习，下课也总是一个人待在操场的角落，思考刚学的汉诗、俳句。

那时恰逢根岸派的新俳句开始流行，我把连载在《日本》报上的正冈子规的《俳谐大要》剪下来贴在笔记本上，反复研读，学习新俳句的创作。

我的汉诗启蒙老师是我的父亲。后经父亲推荐，我又拜在岩溪裳川先生的门下，每周日去先生家中听他讲解《三体诗》。裳川先生是那时教育部的官员，住在市谷见附附近四番町的巷子里。我至今仍清楚地记得，他家中的玄关到外廊到处都堆着很高的书堆，客厅放置着一尊二尺高的孔子坐像，另外还有两座一模一样的木雕像放在别处。

我在裳川先生的汉诗学习班上结识了已故的好友井上哑哑。

那时我所作的汉诗俳句，连同我成年后的很多手稿，在昭和四年的秋天，因为我的突发奇想，一并被我从永代桥上投进了河里。因此，如今我已经连一首也不记得了。

有家杂志的记者在采访我时，问过我年少时的事情。于是我便把年少时的往事写成了此文。但讲述过去，就犹如梦醒后给他人讲述梦境一般，总感觉难得其中的妙处。

森欧外先生有一篇《我十四五岁时》的文章，其中写道："过去的日子就如吃下去的食物。食物经消化后变成了滋养我们的营养液，构成了未来生活的基础。换言之，过往的生活是今日的基石，也是未来的基础。然而对于忙于生活，特别是健康地生活着的人们而言，他们是没有多余的精力去思索这些事情的。"我认为这段描述精辟至极。

透过今天的生活，正确地认识今天生活的基础，也就是过去，并把它们准确地记录下来并非易事。化验粪便虽可知道所食之物，却不可重现食物的香味。描述这香味，想让听者也垂涎欲滴，着实需要不凡的口才。而这是我的能力所难以及至的。

乙亥年一月

（译者：邵冲　杨晓钟）

十九岁的秋天

近几年，读报时，我感到东亚风云变幻。文字同源的日中两国似乎并无交好之意。回想起自己十九岁那年的秋天，随父母一起去上海游玩儿时的林林总总，已恍如隔世。

家父甚好唐诗宋词，因此很早便结识了一些清朝文人。在我儿时，父亲的书房和会客室的壁龛里总挂着何如璋、叶松石、王漆园等清朝名士的书画。

何如璋作为清朝公使，大概从明治十年开始，便常驻于东京。

叶松石也是同一时期最早被招聘到日本外国语学校的教授，他在重游日本时，不幸病故于大阪，其遗稿《煮药漫抄》的序里，有诗人小野湖山为他作的小传。

那时，每逢院中梅花凋零，家中的会客室里总会挂出何如璋挥毫所书的东坡绝句——《东栏梨花》。我如今虽已耄耋之年，但仍能诵出这二十八个字：

梨花淡白柳深青，

柳絮飞时花满城。

惆怅东栏二株雪，

人生看得几清明。

何如璋在明治时期的儒生墨客中颇受尊重。几乎所有的诗文作品集里都有他的题字和书评。

我于明治三十年（一八九七）九月离开东京。具体的出发日期和船名，我已全无印象。只记得自己坐船先离开横滨，到达神户，在那儿等待乘车而来的父母。

轮船因要装货，故在码头停留了两天两夜。我借此游览了京都大阪的名胜古迹，尽情地享受着人生的首次旅行。那时的情景早已淡漠在风尘中。只记得自己在文乐座①观看了《阿俊和传兵卫》，表演者是后来成为摄津大掾②的越路太夫③。

轮船刚抵达长崎时，一个中国人登船拜访了父亲。他身穿淡紫色长衫，嘴里叼着烟卷，看样子像个商人。那时，长崎还没有供轮船停靠的码头，所以他乘小船而来。在离开时，他一边下舷梯，一边“舢板！舢板！”地呼唤着小船。这声音让我激动不已，仿佛自己已处在那遥远的异国他乡。多年后的今天，我仍无法忘怀那种难以言表的感觉。

轮船在清晨到达长崎，又迎着夕阳重新出航。翌日午后，我们进入吴淞江的入河口，在芦荻之间略作等待，趁着涨潮，抵达上海码头。那年春天，父亲辞官从商，开始接手上海某公

① 日本曾位于大阪的偶人净琉璃剧场。

② 日本艺人的荣誉称号。

③ 全称为竹本越路太夫，日本演唱“义太夫调”的艺人名。

司的业务，所以前来迎接我们的人很多。码头上停着威风凛凛的双头马车。在东京，拉铁道马车的马匹个个都骨瘦如柴，一副营养不良的样子。与之相比，这两匹马健硕有力，甚是讨人喜爱。随车还配着车夫和随从各两名。他们戴着坠有红穗的帽子，身穿白色制服，红色的袖口和领口鲜艳夺目。那时候驻东京的欧美公使所乘坐的马车也不过如此。所以车中的我们有一种自己是贵族的错觉。

父亲的住处就安排在公司里，离码头只有两三条街的距离。马鞭声音乍响未落，我们就沿着石墙进入一道铁门，在一座法式的灰色石建筑前停了下来。

这是一座二层小楼。第一层是宽敞的会客室和餐厅。将它们之间的隔挡左右拉开，这里宽敞得足够举办舞会。楼上还有两间带阳台的屋子，分别是父亲的卧室和书房。从阳台眺望而去，黄浦江的风景尽收眼底。父亲安排我住在靠内侧的房间里。虽然没有阳台，但是透过法式窗户，能看见草坪对面的办公楼和石墙之外的日本领事馆。那时，日本在上海还没有租界，所以除了位于英租界繁华地段的正金银行和三井物业之外，日本领事馆、企业和商店等大都位于美国租界内。

英美租界之间隔着运河，一座名为虹口桥的石桥坐落其上。桥的对面是依江而建的西洋式公园。吃过晚饭，父亲公司的人带我去那儿转了转。走了一个来小时，估计来回路程得超过一日里①。

---

① 日里：日本的长度单位，约3.927千米。

我回到房间，躺在床上，虽然疲惫不堪，但却辗转难眠。心底激荡的波澜有了深刻的质变，已不再单单是刚踏上这片土地时的兴奋与好奇。那时，年幼无知的我，尚不知“异国情调”这个词，更别说认知和剖析这样的心境，能做的仅是从感官上肤浅地体会这一切。

但每日沉浸其中，我也终于模模糊糊地开始感受到由外国文化所唤起的别样情怀。中国人的生活里充满着绚丽的色彩。街上商人的衣着，车中妇人的服饰，印度巡查的头巾，土耳其人的帽子等，还有江上往来不息的小船所涂的漆色，以及不绝于耳的各种奇妙声音。即便那时的我既不懂这些色彩和声音，也不懂西洋文学艺术，但周围的一切给我带来了最直接的感官冲击。

我曾遇见锣鼓喧天、浩浩荡荡的道台队伍；也曾目睹暮色时分，哭声震天的奔丧女眷。这些奇异的风俗令我惊奇不已。此外，张园林间，美丽妇人头戴桂花、乘坐马车的情景；萧条徐园，回廊上所挂的对联，以及昏暗中庭里，默默盛开在秋日的寂寞野花，还有连接剧院和茶馆的繁华街道。这一切都让我愈发感到异国色彩的夺目绚烂。

大正二年（一九一三），二次革命之后，中国人改掉了清朝二百余年的旧风俗，开始和我们一样接纳欧美文明。因此，三十年前我所目睹的缤纷色彩想必现已在新上海的街头销声匿迹了。

年轻俊美的中国男子，留着长辫，辫尾还系着带长穗儿的绸带。走起路来，穗尾忽闪忽闪地不断拍打在雪白的缎面鞋跟上。当年的我曾在心里无数次地感慨过这种风俗的精巧优雅。华丽的绸缎上衣外还套着更加光鲜亮丽的宽边马褂。衣服上装饰着镶有宝石的扣子，带有长穗的腰带上坠着各式绣工精美的荷包。我那时极其羡慕这比女性服饰更加精致的男装。

和江户时代一样，清朝的历法也是阴历。某日，我和父母乘马车到郊外一座名为龙华寺的古刹游玩。坐在马车上，父亲说到上海市中心既无可登高之处，又无能望远之景，唯有站在郊外龙华寺的塔顶上，才可眺望到云雾渺渺间，低伏于远处的群山。上海远郊的平原上，杨柳影疏，蒹葭萋萋，桑枝低垂，放眼望去无边无际。而龙华寺便隐没其中。现在回想起来，那天好像是九月初九重阳节。喜好汉诗的日本文人自江户时代便热衷于这个节日。重阳佳节，登高望远，赏秋菊、摘茱萸，赋诗言情。

到了昭和时代，日本人都将秋高气爽游山一事称为远足（hiking）。这是从美国传来的新词。但在我这样顽固不化的人看来，仅自古以来所用的“登高”一词便足够了。

我不记得那年的阴历九月十三①是阳历的哪一天，只记得那天吃过晚饭，父亲与我在书房闲聊时，说到今天是九月十三，便即兴作诗一首。

芦花如雪雁声寒，

把酒南楼夜欲残。

四口一家固是客，

---

① 在日本，阴历九月十三有赏月的习俗。

天涯俱见月团乐。

我本想在上海找个合适的大学，这样便可长居于此。因为若是回到东京，便得接受征兵体检。不过让我最不可忍受的是即便上了大学，也得学习柔道等无聊的东西。然而，事不遂我愿，那年冬天，我便和母亲乘船回到东京。我离开上海时，已是初冬时节。公园里依然有貌美的女子乘着马车游玩，只是在她们头上已看不见秋菊的影子。

如今回首，这一切仿佛是自己三十六七年前做的一场黄粱美梦。如潺潺流水般，匆匆逝去的岁月不曾为何人停下脚步，正如东坡居士诗中所言："惆怅东栏一株雪，人生看得几清明。"

写于甲戌年（一九三四）十月

（译者：邵冲　杨晓钟）

闲话洋装

旧幕府①时期的法式陆军制服是日本人最早穿着的洋装，被称为过膝外套。明治维新之后，岩仓具视②遍访欧美，制定了文官武将的礼服，此后，不仅是级别较高的武将，高级文官也可以穿着洋装骑马。洋装成为日本文官武将的制服，直至今日。

我父亲是第一批在新钱座③的福泽私塾④学习西方知识的人。他于明治四年（一八七一）去美国留学，回国后在政府部门任职，曾一度非常崇拜西方。我出生的时候（明治十二年），我们家完全是一副西方陈设，十张席子⑤大小的客厅里

① 日本明治维新后对江户幕府（1603—1867）的称呼。

② 岩仓具视（1825—1883）日本明治时代政治家、公卿，对日本皇室有很大的影响力，也影响了明治维新的发展。

③ 1636年（宽永十三年）由幕府在江户设置，最开始铸造宽永通宝的钱币铸造所。

④ 即庆应义塾（今庆应大学前身），明治初年福泽渝吉设立。致力于近代化教育工作。

⑤ 计量单位。传统尺寸是3尺×6尺（宽90厘米，长180厘米），厚5厘米，面积1.62平方米，也有尺寸为90厘米×90厘米的半张席子。

摆放着桌椅，冬天使用的是煤炉生火取暖。父亲下班回家后，习惯脱下洋式上衣，换上深红色简便礼服，嘴里叼个大大的英式烟斗，静静地看书。雨天上班时父亲会在鞋上再套上木底长靴。我小时候经常好奇，父亲怎么会有那么多稀奇古怪的东西。

那时，我家就已经开始在餐桌上铺白色餐布，在家里做西餐吃了。有一年，我陪父亲去入谷村看牵牛花，回来的路上，第一次去了上野精养轩①，看到他们提供西餐，甚是诧异。

到我六岁上御茶水幼儿园的时候，社会上已然盛行崇拜西方之风。著名的丸之内②鹿鸣馆③在夜里举办社交聚会，女人们也身着洋装频频现身，纵情狂舞。那时，幼儿园要穿洋装，那是我第一次穿洋装，可惜早已经记不得它的样子了。不过，得益于家里有张当时的照片，我至今仍记得小学时的校服是海军制服配短裤，大大的衣领翻下来，几乎遮住了整个肩膀，宽宽的带子在胸前绑成蝴蝶结，帽檐很宽，扎头带垂在脑后。当年，我就读的一桥初中早已有了自己的校服，立领上衣搭配长裤。但我以为，长裤不应该是小孩子穿的，所以，直到十五六岁我一直都穿着短裤，结果，整个学校只有我一个穿短裤，我就自然而然地成了全校人指指点点的对象，经常受到冷嘲热讽。不仅如此，在十二三岁之前，我的头发也因为像西方的孩

---

① 位于上野公园北侧，建于明治五年（1872），大正九年（1920），以洋式料理为中心。

② 日本东京都千代田区皇居外苑与东京车站之间一带地区。日本有名的商业街，同时也是三菱集团的大本营。

③ 建于明治十六年（1883），是由英国建筑师设计建造的一座砖式二层洋楼，整体建筑呈意大利文艺复兴式风格，兼有英国韵味。

子一样留得较长，这也在学校成了大家关注的话题，被讥讽为洋小子。

很抱歉，只因我看到当今世人所穿的洋装，略有所感，说了一大堆无聊的陈年旧事。

日俄战争以来的这十年间，出现了许多既不是军装，也不是学生装的洋装制服。穿着的人中，既有城市电车上的雇员、铁道部的官员，也有军人的马夫、银行的办事员。这些人员的工作服和学生的校服极为近似，只能通过仔细辨认帽子或者纽扣的徽章才能搞清他们的身份。而在以前，只有学生穿立领制服，所以即便制服破旧也并不会给人寒酸的感觉，反而让人对他们心生敬意。而如今，倘若穿着落满灰尘的制服出现在电车上，别人就会自然而然地将其当成乘务员。如此说来，学生们追求奢侈也似乎是事出有因的。

如今，社会上到处可见金色纽扣的立领制服，这是受到了陆军制服的影响之明证。面对这如今的世风，我们往往会有身处德国的错觉，对此，我们又能说些什么呢?

一到夏天，另一种制服就会吸引世人眼球。仿佛商量好的一般，从银行高管到薪资低廉的临时工，竟然清一色地都穿起白色的立领洋装，手执凉扇。保险公司的业务员、新闻记者及广告商们也纷纷效仿。放眼望去，银座丸之内一带比日比谷附近更像殖民地时期的上海与香港。

日本人穿着洋装，手拿折扇，就连与他人交谈的时候，也“呼呼”地扇个不停，但没有人会为此感到奇怪，这可以说是日本当代一道独特的风景。在欧美，男人不论寒暑都不扇扇子。扇子是女人的装饰品，如同手杖之于男人。而且女人也不会在人前扇扇子，而是将扇子半开，遮住半个脸颊，于若隐若现之中体现别样的妩媚。但在如今的日本，经常会看到新闻记者身穿白色立领洋装上门采访。他们嘴里叼着香烟，高抬手肘“呼呼”地扇着扇子。其中敞着脖领，连内衣都一览无余却依旧坦然者也大有人在。

很久以前，日本男人就开始随身携带扇子。但不是用来在人前大大咧咧地扇凉，而是作为一种装饰品。

现在，大部分日本人都穿针织内衣，但他们把针织内衣和白衬衫相混同，这实在是谬之大矣。白衬衫相当于女人的和服长衫。只不过和服长衫配的是和服衬领，而白衬衫为领圈。女人可以从袖口和下摆露出和服长衫。白衬衫也是同理。而说到针织内衣，其理如同兜裆布。欧美人无论何时都不愿他人窥见。美国人在高温酷暑季节会脱掉上衣，只穿一件白色衬衫，即便如此，也时刻注意着不让针织内衣露出来。他们将白衬衫袖口高高卷起，露出胳膊时，也尽量不让人看见里面的针织内衣。美国男人也绝不随身携带扇子。

美国允许银行之类的工作人员三伏天脱掉上衣，但不能穿背带裤，而且要系皮带以遮住纽扣。

三伏天穿着的衬衫也有未经浆洗的款式，因此，颜色并非都是白色，也有条纹的。但须明确的是，这些都是流行于美国的穿法，并不合乎礼仪。

美国的芝加哥与纽约暑气重，因此无法像伦敦和巴黎那样追求高雅与浪漫。日本夏季气温比美国低很多，但是非常潮湿，容易出汗，穿洋装多有不便。不难想象机关公务员平时穿洋装上班是件多么痛苦的事情。先前有光腿的武士、数九寒天光腚的侍从，如今有三伏天里穿着洋装的上班族。可见，无论时代如何变迁，劳动者都是备尝艰辛的。

近几年来，与衬衫同色的软衣领逐渐代替过去的硬衣领。这一风格在美国流行，欧洲其他国家并不多见。而且常见于美国年轻一代，中老年人几乎不这么穿着。

巴拿马草帽在欧洲大陆相当流行，但英美国家戴的人不多。听五六年前回到日本的人说，英美人喜欢在夏季戴草帽。至于现在的情形如何，便不得而知了。

漂白麻织手帕为手帕中的上品。刺绣手帕和其他颜色的手帕是女人的专有之物，男人使用这种手帕会显得过于装腔作势。有些装模作样的美国男人喜欢把手帕折叠起来放在上衣胸前口袋，英国人则把手帕整个儿塞进袖口。

即便下雨，美国人也不愿打伞，更不用说打阳伞了。在他们看来，做工精细的细杆阳伞就如同手杖一样，是旅行用品。位于热带的殖民地区每天都下一两场阵雨，因此，西方人外出时都会带伞。日本常年多雨，因此不得不带伞出门。软木遮阳帽下雨时可以当作斗笠使用，天热时又容易通风，带来阵阵凉意，非常适合在热带地区使用。从这点可以看出英国人极富创造性。

皮鞋是美国人夏季的爱用之物，但欧洲人无论寒暑都不穿皮鞋。欧美地区的人只在夏季穿红色皮鞋，并且避免出现在典礼仪式等正式场合。常有日本男人穿礼服，配红色皮鞋，这就如同身穿印有家徽的和式礼服却没有配搭日式布袜一样的不着调。

顾名思义，洋装，就是洋人的服装。因此，理所应当万事都须效仿洋人的做法。但选择什么颜色的洋装则可因人而异。日本人穿洋装时，选择适合黄皮肤的颜色就至关重要。欧洲人皮肤白皙，很多适合他们的颜色并不适合日本人。而像黑色、深蓝色、灰色等颜色就比较适合每一个人。英国人穿浅咖啡色外套会显得优雅得体，但浅咖啡色并不适合日本人。条纹的洋装显得低俗，而小仓织质地则品味高雅，得体大方。

众所周知，洋装分为西服、男子常礼服、男子大礼服、燕尾服等多种款式。西服是便装，如同日本人的无裤和服，轻松舒适。常礼服不是正式礼服。比起西服，欧洲人更喜欢常礼服，因为穿西服会被人误认为是商店二掌柜。日本人身材不高，不适合穿常礼服，而且常礼服的制作工序复杂，所以在日本，西服更受人们的欢迎。

在美国，无论贫富贵贱，大部分的人都穿西服。美式西服比英式西服宽松一些，甚至有些肥大。在欧洲，英式西服比较宽松，法式西服比较贴身，会让人觉得不舒服。对日本人来讲，美式西服更为适合。而英国西装是最顶级的，这就犹如女装最好的莫过于巴黎时装一样。这一点是全世界所公认的。

欧美地区的公务人员日常都穿大礼服。像纽约、芝加哥等商业城市因为没有国家政府机关，自然也就少有公务人员，因此，除了传教士，在街上很少看到有人穿破旧寒碜的大礼服。与此相反，华盛顿及各州首府城市里，穿大礼服的身影比比皆是，与大礼服配搭的是高筒礼帽。在欧洲，常礼服配圆顶硬礼帽并不少见，因为这样显得个人品味高雅。

如果下午有茶会等其他的社交聚会，或者去拜会他人，欧美人一定会穿着大礼服，并在傍晚时分换成燕尾服。西方一名合格的绅士一天中要换三次衣帽，这对于我们那些所谓的东洋豪杰们可谓是难以承受的。

日本人不得不忍受的另一件繁琐之事是无论冷暖都要戴手套。

虽然很多日本人使用手杖，但仔细观察会发现，其中很多人并不懂得如何使用手杖。西方人的手杖是一种装饰品，这与日本老人或盲人使用的帮助行进的手杖在功能上截然不同。在西方，手杖上沾有泥土是一件极其丢脸的事。手杖和帽子都可以带进客厅，西方的美术馆、图书馆、剧场等也可以携手杖进入，所以必须时刻保持干净整洁。而在日本，手杖就和木屐一样，需要放在门口，所以，总是担心镶有银或象牙的手杖被弄坏。在东京拥挤的电车上，时常可见拿着沾满泥土的手杖却“泰然处之”的所谓“日本绅士”。这不得不让人感慨：对西方的膜拜之风几乎只图其表，并无其实！

前面已经提过，帽子的配搭需要根据洋装的款式。西服配鸭舌帽会显得滑稽。所谓“鸭舌帽”就是打猎、旅游、航海时的专用品。平时的都市生活中，比如在巴黎，就只有工人或卖报小商贩才会戴它。欧美人一般戴黑色圆顶硬礼帽。特别是美国东部地区常年大风，礼帽容易被吹走，非常不便。圆顶硬礼帽非常结实，淋雨也不会变形，经济实用，在炎热的夏季使用也丝毫不会显得可笑。礼帽在每年春夏季非常流行。戴礼帽时，洋装也要选择与其相配的流行款式。日本人一般青睐礼帽，城市电车上有时会看到有人戴着已经走了形的旧礼帽，这在西方只有土木工人才使用。美国没有阶级等级，即便是体力劳动者，也会在周末戴上新的黑色圆顶硬礼帽，牵着妻子的手去教堂做礼拜。

说到洋装的缝制，中国人比日本人更为擅长。东京的帝国宾馆前的那家中国人开的洋装店口碑很好，燕尾服的制作工艺也非常精湛。而银座的山崎洋装店只顾贪图利益，偷工减料。他们店里制作的洋装针脚粗糙，扣子也钉得稀稀松松，因此，在我看来，没有比日本商人更不可信任的了。

在法国，画家、诗人、音乐家、演员们都属于不循规蹈矩之流。因此，他们不拘礼节，无拘无束，也没有人会对他们的举止行为横加指责。他们的门徒们也特点分明，留长发，穿天鹅绒工作装，长长的衣领随风而动，头戴大黑天神式帽子，也有戴着一种类似礼帽的，这种帽子帽檐很宽，被称为艺人帽。他们冬季不穿外套，只披件风衣。眉清目秀的青年如此打扮，让人觉得有点寒碜。下雪天的傍晚，看到那些年轻人背着巨大的乐器盒急匆匆地穿行在公园里的林荫道上，不由得让人心生怜悯，但同时又会对未来充满希望。而这种情形只有在巴黎才能见到。

都见物左卫门先生的《时势装》写得非常有趣，读完之后，我自己也想一较高低，就尝试着写了这篇文章。但是实话说，写到这里，我已是江郎才尽，也只好就此住笔了。

大正五年（一九一六）八月

（译者：王宁　杨晓钟）

树

满目盈新绿，山中杜鹃声声啼，初夏鲣鱼鲜。江户城最美时节的最美意境，尽在这十七字中。葛饰北斋和歌川广重在江户名所绘中描绘的美景，如果换成文字，这十七字足矣。

现在的东京，不仅市区，连周边近郊都难免被卷入开发的热潮，但万幸的是，在神社寺院、私人宅邸、山坡或路旁，还保留着大量的树木。由于工厂烟囱冒出的黑烟以及电车的噪音，即使是晴空万里的日子也很少看到飞过天空的鸢鸟，大雨初停、云开月明的夜晚，也听不到杜鹃的啼叫了。自从有了火车和冰块提供的便利，初夏的鲣鱼也不再稀罕。但是，只有满目的新绿没有改变。每年樱花飘落后的五月，不论是下町的河岸边，还是山手的山坡上，整个市内到处洋溢的绿色，让身处东京的我们感到了来自江户固有的绿意。

东京人往往在换上夹衣的某一天，或清晨，或午后，或傍晚，登上途经的高处，如九段坂、神田的明神、汤岛的天神、芝公园的爱宕山，眺望市内。在初夏明媚的阳光下，无边无际的屋檐间，可以看到无数的银杏、米槠、橡树、柳树。阳光在树梢上跳跃，那绿色便更加明快、鲜艳。这样的东京，即使已经被仿造的西式建筑和电线、铜像弄得丑陋不堪，但只要有这绿色，便让人无法舍弃。东京仍然有着让人无法言说的只属于东京的风韵。

如果说今日的东京有所谓都市之美的话，我认为这美非树木与河流莫属。山手一带遮天蔽日的老树与穿过下町的河流无疑是东京最宝贵的珍宝。巴黎有足够多的寺院宫殿剧院成就它独有的风韵，即使树木河流不足亦不会有丝毫影响。但如果东京没有那些蔚然的参天古木，我无法想象芝山内的灵庙还能保有它的美丽与威仪。

树木与水是构成庭院必不可少的要素。要造就都市的美景同样不能没有它们。所幸东京自古以来便不乏大量树木。比如芝田村町的银杏树，相传便种植于德川家康入关东前。还有小石川久坚町光円寺的大银杏、麻布善福寺相传为亲鸾上人亲手种植的银杏等，无一不是数百年的老树。浅草观音堂旁的两棵银杏树也十分有名。小石川植物园内的大银杏，在明治维新后曾一度要被砍伐，至今树身上还留有当时的斧印，但今天已经是热衷保护老树的人们最熟悉的地方。当然，漫步东京，还能看到很多没有故事来历但一样郁郁葱葱的银杏树。比如，小石川水道端第六天神社旁，以及柳原通一家破旧的估衣铺屋顶上都能看到银杏树。我在一桥中学上学时，神田小川町路旁的一棵银杏树便穿过一家香烟店的屋顶，比电线杆还要高出一截。经过麹町番町边牛入御徒町时，有一处过去的武士宅邸院内便栽满了银杏树。

银杏的黄叶与神社寺院的粉壁朱栏，构成了一幅最富日本风韵的美景。以此看来，东京众多古老的银杏树中，为首的必定是浅草观音堂的银杏。明和年间，树下那间叫作“柳屋”的杂货铺前坐着美女阿藤。今天，从铃木春信和一笔斋文调创作的浮世绘中，还能一睹阿藤的风姿。

比起银杏，也许松树立于神社佛阁旁更和谐。那不仅是日本风情，也带有中国韵味。江户的武士们大多不喜会开花的树木，而是爱在自家院子里种植常绿树木，尤其是松树。因此武士旧宅聚集处，往往是一片四季葱郁的松树。这些松树总会让人忆起往昔。比如市谷堀端的高力松、高田老松町的鹤龟松。根据歌川广重的绘本《江户土产》，江户人常常观赏的就有小名木川的五本松、八景坂的铠挂松、麻布的一本松、寺岛村莲华寺的末广松、青山龙严寺的笠松、龟井户普门院的御腰挂松、柳岛妙见堂松、根岸御行松、隅田川首尾松等等。但到了大正三年的今天，还能幸存的已没有多少了。

葛饰北斋的《富嶽三十六景》中就描绘过青山龙严寺的笠松。我闲居在大久保时，也曾去过青山，想要寻访昔日的龙严寺。位于青山练兵场兵营背后的千駄谷横穿整个练兵场，龙严寺就在千駄谷的一隅。寺院的殿堂已被改建得面目全非，院内建起了房屋，别说是松树了，就连空地都找不到一块。这附近是被称为山手的新日暮里。而与日暮里的花见寺比肩的仙寿院也有个名园，在《江户名所图绘》中得知此园后，我也曾去寻访过。穿过古旧的山门，似乎只有石阶两侧修剪美观的茶树能让人忆起往昔。庭院早已不见踪影，正殿旁边的墓地也只剩下了遗迹。

今日上野博物馆内的松树被称为宽永寺的旭松或稚儿松。隅田川的首尾松虽早已无迹可寻，但根岸的御行松还康健如往昔。还有麻布本村町曹溪寺的绝江松、二本榎高野山的独钴松，仍像古画描绘的那样挺拔葱郁。

樱树与柳树共同迎来春天并织就春天的美景，因此喜爱树木的人绝不会忘记它们。有名的樱树有上野的秋色樱、平川天神的鬱金樱、麻布笄町长谷寺的右卫门樱、青山梅总院的拾樱；还有在《名所绘》中提及，但不知是否还幸存的涩谷的金王樱、柏木的右卫门樱、驹入吉祥寺的并木樱等。但说到柳树，却少有能数出故事来历者。

隋炀帝在长安营造显仁宫，在河南修建永济渠。据说在一千三百里的河堤上遍植柳树。遥想当年，绿柳河畔，金殿玉楼，春风中柳絮如雪、秋风里黄叶飘舞，宛如七宝屏风光彩耀眼，让人目眩。再没有比看着杨柳枝随着水流荡漾更惬意的事情了。在东都柳原神田川的河堤上，从对面的外城门到浅草的外城门，也曾有过繁茂的柳树。改名为东京后不久，河堤被拆毁，修建了如今的住宅（根据《武江年表》，拆毁河堤是在明治四年四月，修建住宅是在明治十二三年）。

柳北先生曾在《柳桥新志》中以“桥以柳为名而不植一柳”评论柳桥无柳之事。但在同一本书中，柳北先生也描述过在两国桥下游支流上有一座小桥，被称为“元柳桥”，那里有一株老柳树。在小林清亲所绘《东京名所绘》中描绘过这座桥。画中，笼罩在河面晨雾里的两国桥一侧河岸上，斜立着一株柳树。树下站着一位穿着条纹和服的男子，肩上搭着手巾，回头眺望着河水。画面充满了闲雅之意，仿佛能听到小船的划橹声和鸥鸟的鸣叫。但就是这么一株柳树也终于枯萎而死了。如今的河岸早已不复当年景象，支流已被填埋，元柳桥已难觅踪迹。

从半藏御门到外樱田的护城河，以及日比谷马场前和田仓御门外的护城河畔，都植了柳树，树下处处停放着洒水车。这些柳树应该是维新后种植的，在歌川广重的东都名胜锦绘描绘外樱田景色的画中，河畔并无柳树。下了河堤，水边井旁倒是有唯一的一株柳树。以我之浅见，在河畔眺望对岸古城的石垣与老松时，河畔的柳树反而会阻碍视线，因此不如没有。更不用说在这样的地方种上西洋的枫树，更是大煞风景。

近年东京为了模仿西方城市，在市区道路旁种了不少枫树和橡树。但与周围景物最不调和的无疑是赤坂纪国坂的枫树了。赤坂离宫酷似京都皇居的矮墙外，耸立着异国风情的枫树，相信看到此景的人都会觉得突兀。山手地区处处郁郁葱葱，也完全无需行道树。倒是繁华的下町一带需要行道树。银座驹形人形町路旁的柳树下，夏夜里凉风徐徐，繁星点点的夜空下，人来人往，好不热闹。

其实东京的树还有很多，比如青山练兵场内的菩提树、本乡西片町阿部伯爵府的米槠、弓町的大樟树、芝三田蜂须贺侯爵府的米槠等等。篇幅所限，不再一一赘述。

（译者：吴震）

来青花

时值五月初夏，棠棣花已近凋零，盛开已久的杜鹃花也显得花容失色；新绿成荫，松树的绿逐渐蔓延开，金色的花粉如烟雾般飞舞。这时节，若爱花的人们来到我的旧宅，那么一定能感受到在这蝴蝶翩翩飞舞的庭院里飘动着不一样的阵阵花香。这香气既不是梅花或梨花的高雅清新，也不是丁香或蔷薇的清凉，更不是百合的浓郁。有人说，这是邻家厨房里烧苹果、煮蜂蜜的味道。事实上，这是先考来青山人往年由沪上带回的江南奇花，乘着我们这里初夏的清风，带着满满的甘甜，散发出香气。这种花最初是在花盆里栽种，移栽到土地上之后越发生长得繁茂。二十年后的今天，它已然茂盛无比，它的高度已经超过了来青阁檐边，宽度已经遮住了秋暑中泻入窗户的秋夏之夕阳。这种绿树的叶子和冬青极其相似，园丁称它为黄心树，但我至今仍不知道黄心树为何物。一天，当我查阅放在手头常用的“萩之家”先生所撰的辞典时，发现上面注解有着：古今集三木之一的古称，实物不详。看来园丁的话也是不能轻易听信的。我时常反复吟诵先考的诗篇，但从未看见一首诗涉及这种花。我也询问过母亲，但也是没有结果。于是，我就自作主张将其称为“来青花”。五月的风吹动着门帘，门外时不时传来叫卖青苗的声音，十分悠长。整个庭院中的树影都布于青苔之上，顿时觉得十分清爽，每到这时我总会坐在来青花旁，将先父所珍藏的唐本拿出来晾晒、诵读，不知不觉间竟已然是夕阳西斜时分。来青花有六片花瓣，桃花大小，颜色似黄非黄，似白非白，犹如被打磨过的象牙的颜色。花肉比较厚，微微带一点胭脂色，仿佛是美人的艳丽指甲。花心很大并且呈菊花的形状，带着浓浓的并接近发紫色的胭脂色。花落花开，直到进入六月梅雨季节的时候，花期才会完全结束。我面对着来青花，身处在馥郁的花香之中，心中不觉浮现出咏叹秦淮秣陵的诗歌。如今，试着观赏菩提树的花，想象着北欧牧野田园的情景，想到了橄榄树花在南欧海岸上盛开的风光；看到紫丁香花后，眼前仿佛浮现出巴黎庭院的美不胜收。如果在有月亮的夜晚看见胡枝子和芒草的影子倒映在地面，我想任何人都会想到我国诗歌俗曲的洒脱与雅致。我由茉莉素馨的花进而面对来青花，必然会让我想起先父日夜爱读的中国诗歌、乐府、艳史之类的书籍。先考深深仰慕中华的文物，南船北马足迹遍历中国十八余省也不满足，于是便带回了异乡的花木，将此移植到园中，过着悠悠的生活并以此为乐。一般而言只要爱上一种东西，就会爱得无法自拔。所谓的入三昧之境界我想说的就是这种境界吧。我反省自己，对自己竟能疏懒如斯感到深深的愧疚。

（**译者：**张婷婷　杨晓钟）

骤雨

除了银鱼、红嘴鸽、火灾、吵架，以及富士筑波的景色之外，骤雨也是东京的名品之一。

在浮世绘中，有关骤雨的作品比比皆是，并且都能展现出市井之特色，十分有趣。其中，有一幅作品在骤雨图中堪称经典中的经典，那就是锹形所作的《祭礼图》。这幅作品描绘出了一大群年轻人突遇骤雨，将花车舍弃在路边，狼狈奔跑的情境。仅次于此的优秀作品就要数国芳所绘的御厩川岸的雨中之景了。

狂言稗史的作者常常描写男女以骤雨为契机而相遇、相识、相知到相爱。清元净琉璃台词中就有“阵雨让我们相遇相识，雷鸣令我们相知相爱”的句子。此剧还有一个名字，叫作《骤雨》，因著名而众所周知。常磐津净琉璃中有一个曲目《钵木》，据传是第二代传人治助所作。我虽然知道那个故事是模仿《骤雨》的，然而遗憾的是，至今我也没有听过。

回想起来，那是我借住在浅草代地的河岸时的事情了。

一天，骄阳似火,蒸烤着道路上的行人，我从筑地乘电车去茅场町。然而突然之间，天空变暗，骤雨袭来。当我来到人形町到两国之间的时候,远远望去,暴风骤雨中，隅田川上、望湖楼下，已是水天一色。我像平日一样穿着木屐，但糟糕的是没有带伞，因此无法步行穿过柳桥，只好坐在电车里躲雨。从浅草桥到须田町的那一阵，电闪雷鸣，风雨交加，天地一片黯然混沌。直到九段至半藏门那一段，天空才开始放晴。彩虹悬于中天，宫沟的垂柳碧绿如油。东京虽说难居，但总能偶遇许多绝佳美景，也不失为一大幸事。

巴黎的盛夏没有骤雨。晚春五月之时，靓女俊男们便会纷纷奔赴野外的赛马场，当骤雨袭来，又掀起一阵喧嚣。如果我没记错的话，那情景曾被佐拉巧妙地写进小说《NANA》之中。

与巴黎相比，纽约虽说有骤雨，但并不多见。在盛夏的一天夜晚，我在哈德逊河边的绿荫丛中散步的时候，就曾在渡船中躲避过骤雨。

在中国，颂咏骤雨的诗歌也很多。其中最为脍炙人口的要数苏东坡的《望湖楼醉书》了，另外还有清吴扬麒的《澄怀园消夏杂诗》等也家喻户晓。从这一点就能看出，日中两国之间的风土文化有多么的相似。

我的断肠亭内的奴仆们纷纷离开，园丁师傅也很少来修理庭院。于是，亭内树木疯长，遮挡住了房檐，石阶上也布满了青苔，荒草萋萋盖过了墙壁。每年亭内的鸟雀昆虫都很多，进入庭院的时候就越发令人生畏。每当骤雨来袭之时，站在窗边向外远眺，平日不怕人的小鸟一起逃往树林，那惶恐的样子令我兴奋不已。刚刚出窝的小麻雀和蝉有时会因为迷失方向而飞进屋内，这实为我无聊生活增添了一抹色彩。

（译者：张婷婷）

海之旅

Homme libre, toujours tu ch riras la mer.

Baudelaire.

崇尚自由的人总是深爱着大海

——波德莱尔[1]

一

昨日，我从长崎归来。回顾这次旅程，八月中旬从横滨坐上开往上海的轮船，途经神户、门司到达长崎，随后又翻山越岭从茂木的海港出发，在横断海湾的岛原半岛上游玩后沿原路从上海乘船，经过同样的大海与海港到达横滨登陆。在这两周之中，我眼见的全是大海，全是岛屿、海角、岩石和云彩。时至今日，仍能感受到那浓厚的海洋气息和色彩沁人心脾。

可能有人会问，为何偏偏要在炎炎夏日选择长崎作为旅行的目的地呢？显然,长崎的气候更为酷暑难熬。其实这个问题我

① 夏尔·皮埃尔·波德莱尔（Charles Pierre Baudelaire，1821年4月9日—1867年8月31日），法国19世纪最著名的现代派诗人，象征派诗歌先驱，代表作有《恶之花》。

自己也难以解释，只是因为我想看更广阔的风景吧。我想尽可能远离自己所居住的世界，逃脱人间世俗。出于此目的，我做出了与其坐汽车前往内地的山间，还不如乘船漂浮在海上的决定。大海实际上是一种无上的自由：就连我在东京市内坐过的隅田川的摆渡船，船一离开岸在水面上漂浮，感受到与身体晃动共鸣的快感，那是一种与陆地世界截然不同的慰藉和寂寞。

为了品味这种慰藉与寂寞，我毫无目的地独自一人坐上轮船离开横滨码头，浮沉于海上。夏日天空耀眼的日光、变幻无常的云彩、无尽的波浪、悲壮的帆影……这些象征着自由的海洋风景，给予了我内心多少的快活。过去两三年，我因为受到实在太过激烈的社会层面以及艺术层面的压迫，而苦闷度日。连无论是谁都该拥有的那淳朴温厚的真性情，我都感受到它在随着时间的流逝走向湮灭。因此想着：自己已见衰弱的身心因为宽厚有力的大海能得以恢复，凭着稍微柔软温暖的感情可以变得对自己和周围多一些观照。

每每在游览内陆的那些名胜古迹时，总有一种因为需要赞赏历史的义务而感到的压迫感。相比之下，大海只带给人一种拥有纯朴色彩的美感。大海在你厌倦之前都是自由的。看过自由奔放浩瀚无边的大海后再回到内陆的都市，那些曾让自己内心起伏的烦恼与争论，不都变成了不屑一顾的琐事，最终消失在水平线以下吗？比如那些因为针对新建的剧场和桥梁，或者对于各处剧场上演的新兴艺术的尝试而体验到的愤怒，现在感到完全是自己有多么愚蠢。海洋承载着的博大的自然之美，让我不再拥有去关注陆地上那些琐碎的艺术争论之类的余裕了。

我完全沉醉在了日落海平面那迷人的色彩之中，看到了可怕的侵蚀海角岩石的波浪，目睹了郁郁葱葱的海岛上伫立着的白色灯塔，还望见了山脚下破败的渔家屋顶，以及黑暗中船舷闪烁的不明火光。我还听到了船家悲哀的夜半钟声；遇见了不同种族不同肤色的游客；也从他们口中听到了对自己国家的批判。在这里我听到各种各样新鲜的声音，看到了许许多多船只和国家的旗帜。因而，自己的真心面对这些所见所闻的事物的全部，感觉生存在这个世界上是多么愉快的事，想因此歌唱让人倾听。夜深人静时，我独自一人倚靠在船舷凝视浩瀚的海面时，“死亡”这个概念总会浮现在我的脑海中。面对自己这美丽星空下的人生，我仿佛要流泪一般心痛而敏锐，感觉被那种恋恋不舍深深侵袭。

在船上，每当海浪撞击在行驶中的轮船的船身时，我的内心都有种想与其一同前往未知境地的冲动。度过了在海上漂浮的昨日与今朝，我在旅程的第四日清晨，到达了位于狭长海湾深处、那如画般美丽的长崎。

二

长崎同京都一样，寂静而美丽到极致，拥有许多石板道路、土墙、古寺、墓园以及大树的街道，也是花草繁多的街道。树木的叶子从颜色上看起来比东京的更为鲜艳浓郁。不仅是树叶，蝉鸣声也迥然不同。仿佛夏日午后的阵雨一般，蝉鸣穿越城市的全部树木。卖水果的女人边走边叫卖的声音在这没有湿气炎热的晴空下鸣响，让旅客的内心深深感受到长崎离日本本土是如此遥远，离中国也很遥远，离天主教的本土也同样遥远的事实。这种难以言说的异国情调，因为加上从马尼拉来长崎避暑的美国军人吵吵嚷嚷地在丸山花街游乐的乐器声，或是长崎街道口传来的古寺钟声，更别有一番独特的韵味。

仿佛自己还从未见识过长崎一般，那柔美的钟声我还不曾听过。到达长崎的第一天傍晚，当炙热的一天终于快要过去之时，海上风平浪静，空气如同死一般寂静。在那树叶都纹丝不动，万籁俱寂的黄昏，我从海岸沿着水路，一路经过聚集着外国人的商业一条街和丸山附近大德寺的茶室。这时，也不知从何处传来一阵钟响，但能肯定这声响来源于两三个不同方向，并且是同时撞击后所发出的。悠长的钟声被海湾以及如同圆形剧场般的丘陵所遮挡，不知何时会汇聚在一起，那声响在风平浪静中是那么的恬静柔美。最先响起的钟声在空中回荡的那一瞬，又同随后响起的钟声交杂在一起。倘若没有亲自来过长崎，就绝对不会领略到如此动人心弦的钟声。那彼此交织的饱满韵律与海湾上灯火的点点闪烁直逼内心，不禁自问，为何不早点来到此地，东京不应再是你的所居之处了。尽早与世俗因缘挥手告别，让过去的繁华如梦境般消失吧，以全新的心境在长崎开始新的生活。

然而，长崎有的不仅仅是钟声。当我随意漫步在石子路上时，看着长崎街道上的景象，不禁意识到，在日本，最适合隐居的地方正是脚下的这片土地，别无他处。路边几座不知名的古寺，那被爬山虎覆盖的泥巴墙，还有被磨平棱角的石阶以及稍有倾斜的楼门，无一不散发着浓浓的怀旧感。完全不会让人感觉到如奈良京都的古迹所带给人们的过往权威的压迫感，也不会让人感受到曲学阿世[1]之徒肆意地回顾历史后总结出的经验教训。若要追溯此地过去的背景，那么就如山手的天主教堂墙壁上悬挂的油画一般，就如宗教迫害史的其中一节一样悲壮无比，是由于锁国政策而受挫，大和民族雄飞的梦破灭了，只留下如烟雾飘渺的痕迹。面对这令人惋惜的历史，换做往常，这方圆千里的山河必定会给我带来消极负面的影响。然而，面对长崎的风景，却给我传递着一种无比悲愤的情感和神秘的色调。此时，虽说内心充斥着和京都一样对过去历史的悲愤，但这种痛感并不黑暗也不狭隘。眼前，洋溢着中国风的彩船在蔚蓝的海洋上以及灰色的石头桥下来回漂动。这里的小孩，有西洋人，有中国人，他们沿着蔬菜市场，到处窜来窜去，玩得不亦乐乎。稻佐和丸山的女人们用日语、俄语和英语聊着她们的一夜情。海岸边的酒屋里，葡萄牙姑娘伴随着黑人弹奏的钢琴旋律翩翩起舞。攀上常常路过的石板路尽头街道上的民居，总觉得古老却坚固，还有些精致秀丽。道路虽然非常狭窄，但并无东京高地地区军人和货车的马匹横行，也不见东京低地街区的大道上疏通下水道和燃气的景象，这里完全是适合安静走路的地方。车夫和小贩也实为平易近人，在东京横行霸道的样子完全见不到。

不知是进取还是新兴，每每让我感到时机之残忍的同时，又是多么怀念沉静在静止、满足和颓废状态下的日子。

这让我回想到了当年在北美西海岸新开辟的城市暂居的日

---

① 指歪曲自己的学术，以投世俗之好。

子，那段时光实为苦不堪言。当时的心境就如同今日东京的蜗居生活一样。昂贵的物价背后往往是品质低劣的商品，生活品质的粗俗而影响到交际礼仪的进步，凡事都是为达目的而不择手段。在这浑浊的社会大环境中，对道德先入这一判断标准过于敏感，集体行为常常被个人私行所干涉。并且，对于人种迫害这种行为无论是在日本社会还是美国社会，自己都是不可能接触到的。我唯一可以做的就是独自一人郁郁不乐地在新大陆海岸一带隐蔽的松树林里散步。这也是我第一次在心中涌现出“大自然是何等公平和温婉”这种感慨。

离开横滨后的海上时光和在长崎所见的迷人景致，让我那颗厌恶东京的心得到了莫大的抚慰。想必这种类似的话我已说过好些遍，没有再重复的必要了吧。旅程的第三天，本应等待返回的便船，但我又一时兴起想去更远的地方转转。突然想起旅店里旅游指南里介绍的位于岛原、名为小浜的海岸，于是我就临时改变了计划。如众人所知，那里距离上海和马尼拉不远，是那些不能去日光箱根等胜地旅行的西洋人的最佳选择，也是他们游玩日本唯一令人慰藉的去处。

改变了原计划的我和其他几位游客一同坐上小蒸汽船，穿过海岸，来到了一个木屋旅店。

三

我来到旅店的房间，屋内十分简陋，只摆放着撑着白色蚊帐的床、藤椅、梳妆台和洗面台。墙上没有壁画，窗户上也仅是悬挂着棉质的帘子。面对这些，让我联想到了东京帝国酒店的餐厅内武士商会式的西洋装修风格，还有日式旅店里壁龛[①]或门楣上官吏政治家们那让人产生不快的恶俗笔迹。不知为何，站在这不加任何修饰的充满朴素气息的房间里，我有种说不出的好感。毫无装饰的门外悬挂着的芦苇帘子遮住了阳光，躺在床上，那广阔的海湾景色，一览无遗。被强烈的日光照射的海面光影，不断地在屋内的墙壁以及天花板上摇摆辉映。来到窗边，在窗檐上筑巢的燕子，扑腾几下翅膀就飞到海边去啄食碎海草了。面对灵活可爱的燕子、赫赫炎炎的阳光、海的彼岸那连绵悠长的丘陵，我总会联想到邓南遮[②]作品中所描绘的景致，这也让我更深地感受到那份身处南方的特殊心境。

当夏日的白昼逝去过后，有种赤裸裸的寂寥之感，周围的一切声响也更加清晰可辨。地下室里传来的台球撞击声和人们时不时发出的笑声夹杂在一起，寂静的旅店大厅内服务生走路的声音也显得格外清楚，刚学会说话的孩子“妈妈，妈妈”地喊个不停。我躺在房间的长椅上，好似被隔离一般，看不见隔壁房间的杂乱无章，也听不见别人的鼾声和穿着拖鞋走来走去的声音。并且，置身于西式房间里，还有着让人可以肆意想象的空间，西式房间和日式房间的显著差异，我想就在于此吧。

我躺在床上，寂静的夜侵袭着我的神经。带着旅途的疲惫，我又开始胡思乱想起来。具体也记不清楚是哪首诗上写

---

① 家装名词，是一个把硬装潢和软装饰相结合的设计理念，在墙身上所留出的用来作为贮藏设施的空间。

② 加布里埃尔·邓南遮（1863年3月12日—1938年3月1日），意大利诗人、记者、小说家、戏剧家和冒险者。他常被视作贝尼托·墨索里尼的先驱者，在政治上颇受争议。主要作品有《玫瑰三部曲》。

着，一位痴狂的诗人抱住半夜从海底出现的美人鱼，由于兴奋过度而窒息身亡。想到这里，我全然忘了海边的美景了。满脑子都在想着，在这空无一人的房间里，废弃的梳妆台的抽屉里会不会遗留着无名音乐人未完成的残缺乐谱，抑或出现自杀未遂者忘记带走的剃须刀。

我独自一人住在岛原海边，这里除我以外都是西洋人。如果我在房间里自杀了，会怎么样呢？一想起这样的事情，我就浑身发抖。为何这样的恐惧心理会给人带来快感呢？想必渴望要弄清原因的人，不单只有我一人吧。在我小时候，曾听奶妈说过这样一个故事：有一位公主误吞了一根绣花针，事后看了医生也吃了药，但都不管用。那根绣花针在公主的身体内、血管里来回穿梭，三天三夜后，刺破了她的心脏。每当想到也许有一天自己也会遭遇同样的事情的时候，那种恐惧感就像放大镜一样被无限地放大开来。有时，我甚至会暗暗期盼那危险时刻的来临，梦和现实混乱交织。我曾有过这样的经历，手里拿着笔毫无意识地慢慢往嘴里送，待我清醒过来后，竟然被自己的如此行为吓得哭起来。当看到古井户那一眼望不到底的井时，当从山顶往谷底俯视时，当看到瀑布一泻而下时，自己的神经总会被一种叫作“死亡”的东西所牵引着。

离开了亲人的身边，我孤身一人在这分外宁静的地方待着，可怕的空想犹如吸食鸦片一般，无以言表的麻木感袭遍全身。

“咚咚咚”，我被一阵敲门声所惊醒，将我的杂乱思绪拉回到了现实。

四

服务生送来了煤油灯，此时窗外被夕阳染红的天空愈渐昏暗。煤油灯那微弱的光线也慢慢照亮了房间。我盯着那跳动着的火苗，陷入了沉思中而不能自拔，此时此刻我多想将记忆停留下来。面对着眼前泛黄的灯影，我心中有种奇妙的宽慰感，有种从尘世中逃脱后断掉一切念头的安稳感。这让我又想到了在东京那样的都市生活中，随处都是日光灯的笼罩，是多么的单调、冷漠和乏味。在电灯还未普及之时，昏昏暗暗的煤油灯光，让人更容易沉浸在往昔年少的爱恋回忆中。此外，这坐落于海边的旅店由于是西洋简约风格的缘故，在这种环境之下，也更容易让人回忆起于自己尤为珍贵、尤为特别的事情。如同《美国故事》中最终章节里描写的那样，在一户农家小屋里，没有电灯，简陋至极，有的只是破旧不堪，残留着油漆皮的自来水管道。但唯有在此处，才能看到纽约海湾码头的孤岛，才能听到小鸟的夜鸣。我透过圆形的磨砂玻璃灯罩，隐隐约约看到了煤油灯跳动的火苗，眼前仿佛浮现出十九岁的Rosalin弹着钢琴低声吟唱的浪漫场景。

陈旧的屋子、棉质的窗帘、茂盛的果树、草坪中的花、笼中的鹦鹉、可爱的小狗、煤油灯的火光……这里一切的一切都让人浮想联翩。然而在东京，在都市生活中，在那令人目眩的电灯笼罩下，脑海里充斥着的尽是世间名利的纷争，永无止境的争论交锋，我真想早一点远离那样的生活，远离如此激烈的艺术纷争之地。我只想心无杂念，过着简单的生活，拥有属于自己的渺小的幸福。

五

到吃饭的时间了。在餐厅里，我独自身处在西洋人家庭和单身年轻人的欢声笑语中。我默默用完餐，随手翻阅了放置于长椅边上的报纸，便早早回房间休息了。

第二天早上，旅店的老板告诉我离这里三公里远的地方有温泉，可我实在对山路有些恐惧，于是在岛原的第二天我选择在房间里度过。能够沉浸在属于自己的那份模糊与暧昧的思绪中，也是十分快乐的事情。

第三天一大早，我坐上了每天仅往返一次的汽船，启程返回来之前的海港。汽船沿着海岸，横穿入江大概需要三个多钟头。与我同船的还有两三个从上海和香港前来这里避暑的英国人。一路上，他们一直赞美着日本的秀美山水，一会儿说着汽船从海岸的岩石边穿过，又时不时从巨大的管道口边驶出，是船夫的别有用心，一会儿又说起在中国，由于没有树，河水十分浑浊。因此来到日本后，领略这苍翠欲滴水碧山青的景色，心情十分愉悦。汽船行驶到对岸那被绿荫环绕的海港，在那里，有一家专为外国游客精心设计的木屋旅店，里面全是前来避暑的外国人。在这些人中，有一位身穿美国军装的士官，带着妻子还有其他家族成员大约三四人。我坐在松树的树荫下，喝完啤酒后，便租了一辆车，前往回长崎必经的山岭，那一美国家族也与我同行。一路上，他们不停地向我感叹日本山岭川谷的美好，就如赞美自家门前庭院一般。

在整个旅途中，无论是在长崎还是在旅店，抑或是在汽船上遇到的西洋人，无一不对日本的风景赞叹不已。

最近，东京朝日新闻的文艺专栏上登载的名为《新日本风景论》的文章中就对日本风景这一问题进行了一番激烈的争论，最后得出日本的风景是当之无愧、毋庸置疑的世界第一。相比他们口中所指的日本风景，我在船上所见的景色才是真的美。这种美不限于审美水平的高低，只要身处在这般美景中，任何人心中都会泛起爱慕的涟漪。无论是岛屿很多的长崎港外的海湾，还是如湖水一般水波不兴的濑户内海，抑或是荒凉寂寞的济州半岛，峰峦相接的伊豆山岭，在海上眺望的日本风景，映入眼帘的都是青翠、温婉、独具日本特色的美好事物。事实上，现在回想，外国游客对日本风景的交口称赞，对其喜爱程度是非常能够被理解的。他们暂且将繁华嘈杂的都市生活抛之脑后，更乐意享受这种原始的、宁静的田园生活之乐趣。在此之前，他们认为没有必要深入复杂的内陆地区，只是单纯领略了日本如公园般的美景。与此相反，对我们而言，即使没见过没听过，但面对着那些自然入耳的、反映着国民生活的声响，我们无法做到如同竖立在街道边的猴子雕像那样视而不见，沉默不语。我面对着祖国的秀丽风光，从外表上看，其内在所体现出的日本现代生活以及日本人的性情，和日本风景其雅致有着怎样的差异。对于这一点，我不得不惊讶。试想旅行结束后回到东京，没有了美好事物的环绕，有的只是东京市内的大街小巷。在现代日本人所经营的都市生活中，能够找到、能让人感受到来自山河湖海的那份真善美吗？当然，我并不是指责工商业那不得已而为之的存在。不论是作为个人还是作为集体的内在生活，现代日本人的心境与富士山的壮美以及天空的广阔差距甚大，这一点，连我自己都会感到不可思议。国民和风景是完全对立的，毫无关系，我对此表示怀疑。

六

在海上漂泊了四天后，我到达了横滨。

我在海岸边的旅店里喝完茶，便乘汽车回到了东京。在那里，屋顶上悬挂着醒目的治疗梅毒的广告牌，十字路口充斥着叫卖声，在路上乱窜的孩子们被大人用长竿驱赶着，每天在人们的互相指责互相埋怨中度过。然而，如此这般令人毛骨悚然、杂乱无章的恐怖城市，就是我所谓的家。

一九一一年(明治四十四年)九月

（译者：张婷婷　杨晓钟）

夕阳

东京市西郊目黑区的夕日冈以及大久保区的西向天神，均因为能够看到美丽的夕阳而为人们所熟知，但这已是江户时期的事了。如今再不会有人如此愚痴，为了欣赏夕阳，专程持杖到这偏僻的山冈来了。我平日里热衷于四处寻访东京的良辰美景，因此对这都会的美景与夕阳之间那甚深的关系也是异常的了解。

越过城墙上的松树枝头，眺望气派的二重桥，当西面的天空燃起火红的夕阳，才呈现出最为夺目壮观的景色。暗绿的松枝、浓紫的晚霞和艳红的夕阳，这不仅是东京，也是日本特有的色彩。

晚霞映照在临着沟渠的白色土墙上，或是将乘着晚风前行的货船船帆尽染的时候，会制造出令人惊叹的美丽景观。但在讨论夕阳与东京之美的关系时，我以为还是以四谷①、麯町②、

① 东京废止市町名，1947年废止该称呼，现位于东京都新宿区。
② 东京废止市町名，1947年废止。现位于东京都千代田区。

青山[1]、白金[2]等这些朝西的笔直长街为例比较合适。像神田川[3]、八丁堀[4]等沿着河道的地段，以及隅田川[5]沿岸，因其各有不同的韵味，于是便显得特色鲜明。与此相对，从麹町经过四谷到新宿的大路，就像从芝白金到目黑行人坂的街道一样，不过是临近城郊的污浊道路，自古以来就是那么空旷寂寥。无论是落雪时节还是圆月之夜均了无趣味，没有任何能吸引人驻足的地方。刮风时，尘土飞扬，遮天蔽日；下雨时，道路泥泞，寸步维艰。这索然无味、大煞风景的山手大道，之所以能让人有几分美感，完全是因为夕阳的关系。

四谷、青山、白金、巢鸭[6]一带的街道虽然所处位置不同，但街道的样子却有几分相似。过去四谷大道是由新宿的甲州街道及青梅街道组成。青山是大山街道、巢鸭是经板桥[7]连接中仙道。这些不用看江户地图也为世人所熟知。兴许正是这样的原因，即便是电车开通后，街道的面目焕然一新的如今，也无法抹去这里曾经的驿路气息。尤其是那寂寥冬日里，仰望着宽阔道路尽头的那一抹夕阳，迎着寒冷的北风前行时，不自觉地会有一种急速远行的心境。此时电车、自行车的铃声，恰似过往驿路上的马铃声声，摄人魂魄。

东京的夕阳以嫩绿初成的五六月及晚秋的十月十一月最

①② 地名，位于东京都港区。
③ 流经东京都的一级河川，属荒川支流。
④ 东京都中央区地名。
⑤ 荒川的支流。
⑥ 旧地名，1932年并入东京都丰岛区。
⑦ 旧地名，曾是东京府北丰岛郡一町名，现位于东京都板桥区。

为美丽。山手一带的庭院、墙垣所及之处到处矗立着翠绿欲滴的新树，从树梢望向夕阳尽染的天空，那美景是在下町的河岸一带所见不到的。要说到山手地区树木葱郁之处，自然要数神社佛阁了。杂司谷[①]鬼子母神、高田马场[②]杂木林、目黑的不动[③]、角筈[④]的十二社等，这些地方都能够透过茂密的枝叶欣赏到夕阳的美景。同时，也是深秋时节欣赏红叶的绝好去处。如果在夕阳里脚踩着遍地的落叶漫步于此，即便不做沦落江湖的诗人，也定会感慨万千。

这里值得一提的是，与美艳夕阳有着同样价值的，当属从市中眺望到的富士山的远景。面向夕阳站在朝西的大街上，不仅能看到富士山的美景，就连与富士山麓相连的箱根大山秩父山脉也能清晰可见。青山一带的街道如今仍是眺望富士山的最佳之选。除此之外九段坂[⑤]上的富士见[⑥]町道、神田骏河台[⑦]、牛込[⑧]寺町附近也是如此。

从关西的都市即便想看富士山也无法看到。东京人把这里的河道景观以及眺望富士山的景色作为东都的骄傲。“西面富士东筑波”这句话非常完美地道尽了武藏野的风情。文政年间葛饰北斋在《富岳三十六景》的浮世绘中选择了十余处能够

---

① 町名，位于东京都丰岛区。

② 地名，位于东京都新宿区。与北侧的丰岛区毗邻。

③ 这里指东京都目黑区下目黑的龙泉寺。

④ 地名，位于东京都新宿区。

⑤ 旧町名，现位于东京都千代田区。

⑥ 地名，位于东京都千代田区。

⑦ 地名，位于东京都千代田区北部。

⑧ 地名，位于东京都新宿区北部。1947年与四谷区、淀桥区合并，更名为新宿区。

自江户市内眺望到富士山的绝美景点，分别是佃岛、深川万年桥、本所竖川、同本所五目罗汉寺、千住、目黑、青山龙岩寺、青山稳田水车、神田河骏台、日本桥桥上、骏河町越后屋店头、浅草本愿寺、品川御殿山，以及小石川的雪中。我还没有逐一核对这些浮世绘的实景。因此，例如深川万年桥或本所竖川边，在江户时代是否能够看到富士山也无从知道。但北川及其门人升亭北寿、一立斋广重等人的古版画，为我们探寻东京与富士山之间那绘画般的关系，提供了绝佳的线索。北寿运用荷兰画风的远近法描绘出的御茶之水，与我们今日眼前的实景并无二致。经过神田圣堂的门前，伫立于临近御茶之水的高台向西边望去，左面越过对岸的土堤有九段的高台，右面能看到与兵工厂的树木并列的牛込市谷边的树林。在这之间流淌的神田川，自水道桥流至牛込扬场[①]边的河岸，这绝美的景致与我们熟知的《名所绘》上的美景也是别无他样。初夏晚秋夕阳照耀的云彩、晚霞映衬下泛着五色光芒的山峦，以及浸染成火红色的天空，这不正是浮世绘上描绘出的富士美景吗。

如今的人们，只会在日比谷公园的老树上点上电灯，然后高呼："漂亮！漂亮！"像清夜赏月光，春风爱梅花那般，敬爱自然之美的风雅习惯早已消失殆尽。因此，谁还会去在意，东京的都市有没有夕阳的映照，富士山能不能看得见呢。要是我们这样的文人把这些提出来议论，定会遭到全体文坛老师们的严厉呵斥。但仔细想来，意大利的米兰不正是因为有了阿尔卑斯的山影才变得更加美丽吗？那不勒斯不正是因为有了维

① 东京都新宿区町名，位于新宿区东北部。

苏威火山的烟雾才在游客心中留下了难以磨灭的印象吗？东京之所以是东京，正是因为在这里能看到富士山。我们觉得并非只有为了议员的选举东奔西跑才是国民的义务。我认为我们所说的爱国主义就是，要为永远保护乡土的美丽，锤炼国语的纯净而努力，这才是国民的第一要务。如今，东京市的风景正在被人为地毁坏，我们期望世人不要轻视首都与富士山的关系。安永年间的俳书《名所方角集》中就以《富士眺望》为题写着如下的句子：

明月富士山，朦胧骏河町 素龙

半分成江户，不尽富士雪 立志

远眺富士山，忘却除夕夜 宝马

十余年前，我们木曜会的会员聚集在乐天居小波山人①那里，会员中有一位长相眉清目秀的清人，名罗卧云。他善常日文，与国人无异，雅号苏山人，喜好吟俳句、写小说，是位令我等瞠目的才人。在他还归故乡时曾作了如下诗句：

春去访富士，往昔别情怀

苏山人居湖南官衙，一年有余便生了病，再次来日本游玩，没过多久亡故在赤坂的一树寓所。当我眺望远处的富士山，便会想起苏山人留别时的那首俳句，追忆故人，惆怅不已。

遥望富士雪 君已乘鹤去

荷风

大正四年四月

(译者：魏海燕)

① 岩谷小波的雅号。

引洪渠

隅田川两岸，从千住大桥到永代桥桥畔一带，如今再也无法勾起我散步的兴致。只好时常在荒川引洪渠堤坝上寻觅漫步的好去处。

荒川引洪渠也许是因为明治四十三年(一九一〇)那场东京从未遇见过的大洪灾而计划修建的。但工程是何时开始，又是何时结束的，我却未得其详。

时隔多年，我于大正三年（一九一四）秋天的彼岸会[①]时，去了南足立郡沼田村，为的是参拜六所阿弥陀寺[②]的第二处惠明寺。经过千住大桥，在贯穿西北的长堤上走了将近七多公里，来到一处休息的茶馆。我听见茶馆的老婆婆怅然若失地对别人说道："明年春天就看不到荒川盛开的樱花了。"

这时我才得知引洪渠已经在荒川上游动工修建了。于是，

---

① 佛教道场之一。在春分日和秋分日及其前后三天（共七天），以念经和上坟等为主要活动。

② 即六阿弥陀巡拜，是指对特定的六尊阿弥陀佛像进行参拜。

那一年是我最后一次巡拜六阿弥陀，以后即便到了彼岸会，我也再没有去过。因为那熟悉的田间小道在江户时代开始时被重修，我不想看到她面目全非的样子，更害怕古寺也被迁到了别处。再加上我突患肠疾，已经不能像从前那样随心所欲地出游了。之前结伴行吟的友人也骤染疾病，与世长辞。种种因由，直到昭和十一年（一九三六）春无意中路过引洪渠江北桥那天，我一直没有重游故地，屈指一数，竟有二十二年了。

大正九年（一九二〇）秋天，我从深川高桥上了一艘开往行德的又小又脏的公共汽船，去浦安海边渔村游玩。霎时，耳边传来了河水拍打船舷的声音，紧接着，船身摇摆着前进。我本想透过船窗看看外面的风景，但窗边座位上有人挡住了视线，玻璃也脏得好像磨砂材质的一样模糊不清。不得已，我只好起身从舱门口探出头去。

不知何时，船已经从小名木川的引洪渠驶出，在渺茫的大河上泛游。眺望对岸，除了繁茂的苇草，看不见一棵树，一片屋顶，一根电杆。从岸边到水中央，光秃秃的荒山没有一丝绿意，山顶隐没在雾霾中，难辨其详。我一直习惯于众多的货船来往于狭窄的引洪渠那繁忙景象，眼前却又突然出现了浊黄的河水，不见对岸的低地芦苇淹没于其中。此情此景，仿佛让我看到水灾的惨状，一阵阵荒凉之感扑面而来。我不禁惊奇于东京附近竟有这么人迹罕至的地方。向同船卖蛤蜊的人一打听才知道，引洪渠中的水和中川的河水在此汇合，在不远处汇入大海。但那时，我还没见过船堀和葛西村的长桥。

因为我病怏怏的身体和每天的琐事，之后十多年，我都无法重游水乡，及至我再次来到这里已是昭和五年（一九三〇）的冬末了。在深川郊外，大概是从扇桥附近到釜屋渠一带，我沿着河岸散步时，无意中看见路边废弃的小庙前有一块断碑，那是一位女子的墓碑。木质的墓碑下面赫然刻有芭蕉大师的名句：

秋日探秋色，却是小松川

于是，我就在大师诗句的指引下，想要循着秋日的足迹，前往小松川一探究竟。我沿着渠岸，顺路前行，不久便看到一块空地，上面有一排濒临倒塌的仓库。空地的一角，一座木桥映入眼帘，那便是中川大桥。

原来小名木川的水渠和类似中川的河流合流一处，我还看到对岸有高高的堤坝，城堡似的石造水闸，门扇由坚固的铁板制成，上面垂挂着粗壮的锁链。公共汽船、货船、渔船，全都穿过水闸驶向堤坝外。看到眼前的情景，我脑海中浮现出十多年前去浦安途中第一次经过引洪渠时见到的荒凉的风景。而如今这么巨大的变化看得我目瞪口呆。

一座名叫船堀桥的大桥横跨于堤坝之上，长度足有永代桥的两倍。长桥直抵对岸的河堤，又有船堀小桥通向对岸。站在长桥中央眺望远处，看见对岸也有同样的水闸。石塔支撑起厚重的阀门，寂寥地矗立在被夕雾弥漫的天空。坚固的石塔和繁茂的芦苇使我忽然想起法国南部的加龙河，仿佛看到了那湍急的河流之中残留的古代水道的基石。回头看来时的路，大岛町到沙町的工厂、民房，全都被堤坝和暮霭笼罩不见，只有一排排的烟囱和煤气储罐[1]，高耸在被夕阳燃烧的光辉灿烂的天空中，烟囱煤气储罐后，是一大片光怪陆离的暮云。这给一望无际的黄昏景色染上了一抹悲壮的色彩。夕阳照进覆盖在堤坝上的大片的枯草丛中，照进枯黄的芦苇荡深处，照得一摊一摊的积水明晃晃的。桥上的车、人、栏杆都在桥面上留下剪影。此时无风，只有枯草丛中的鸟群发出尖锐的叫声，又像被人扔了块石头一样四散而去。拖船的马达声回响在两岸，渐行渐远。

快到年末了，十二月的黄昏，天空铺满如同晚秋时一样浓烈的晚霞，我眺望那一望无际泛黄的枯草和芦苇，突然有种异样的感觉。竟也不顾夜幕即将降临，沿着河堤继续前行，远远看到葛西桥灯影闪烁，像着了魔似的继续往前走。

在荒川引洪渠所有长桥中，葛西桥位于最南端，离海最近。这也是我回家后在灯下打开地图一看才知道的。那天傍晚，从船堀桥沿着河堤漫步，远远看到葛西桥桥灯的时候，我其实连它的名字也不知道。我也更不可能知道，就在对岸仅有四五个城镇，镇上的引洪渠的堤坝形如鞋尖，没入大海。

恍惚之间，夜幕就已降临，吞没了风景。凑到跟前才能看见桥头告示栏上的字。上面写着“为保畅行，禁止钓鱼”。我凭栏而倚，努力地想看清黑黢黢的水流。这时，一阵阵气流拂过脸颊，那感觉却不是风。一丝腥味钻进鼻孔，再加上前面漆黑一片。这都使我隐约地感到陆地将尽，前面不远就是大海了。

---

① 储存煤气的装置，分为水式、无水槽式、高压球形罐等。

虽然我兴致勃发，想去探险，但想到工厂区夜里危险重重，遂又决定择日再来。于是我颇为落寞地踏上了归途，辗转来到了城东电车的镜川停车场。

葛西桥栏杆上写着昭和三年（一九二九）一月竣工。不难想象，如果在那之前都没有桥的话，两岸的风景一定比现在更加让人感到寂寥吧。

在阳光晴好的日子，站在沙町岸边眺望对岸，水草茫茫的小洲好似鳄鱼的尾巴一样横卧在水面上，远处有一排老松，树干和树荫都倾向一面。芦苇和松林之间的海水很深，渔船鼓着帆驶向远方。也许追溯到三四十年前，浅草船场的岸边也能常瞭望到这样的美景。

一天，我整理藏书的时候，读了收录在露伴[①]先生的《谰言》之中的一篇关于钓鱼的游记，又翻阅了三岛政行的《葛西志》，这才恍然大悟。从前，小名木川的一条支流横穿砂村，后又汇入中川下游。这条支流起初被叫作隐坊渠。到了下游又被称为境川、沙村川。从露伴先生的游记中，我感受到了明治三十年（一八九七）时镜川两岸树木葳蕤繁茂的景象。如今，河周围的人造陆地除了大片的稀稀零零杂草之外，没有一丛灌木的踪迹。镜川已被填平，干枯的河床也变成了可以通行公交车的大道。

昭和五年（一九三〇），我第一次来葛西桥畔散步的时候，河堤下到处都是残存着枯莲的水田，种过大葱的旱地。长

① 幸田露伴（1867年7月23日—1947年6月30日），日本小说家，本名为幸田成行。

满杂草的空地之间散落着几家钓鱼船租铺，从那之后，每次去那里散步，就会看到貌似租铺的新房子、新建的澡堂那高耸着的烟囱、桥墩旁边支起的帐篷茶馆。堤坝的坡面上总扔有纸屑和废报纸。公交车从镜川停车场经过葛西桥，一条线路通往江户河堤，另一条则通往浦安。及至赏樱和赶海[①]的季节，车厢里就会贴出购买往返车票及便当的打折广告。

我之所以喜欢远眺引洪渠的景致，是因为除了摇曳的芦苇、遍地的杂草、高远的天空之外别无他物，也几乎碰不到其他行人，见不到平常在市里的百货店和停车场不顾疲劳争先恐后喧嚣的“优越人种”。一到夏天，虽说可以建游泳场和租船铺，但也仅限于有桥的地方，离桥远点的堤坝即便在节日的午后，也很少看见散步的人，唯有不知名的野禽传来阵阵叫声，不绝于耳。

从四木[②]一带到下游共有三条堤坝，两岸和中间各一条。我经常漫步于中间的堤坝。那条堤坝左右都有水流，也看不见远处两岸的城镇和工厂。夕阳西下的时候，桥的影子就会被朦胧的水汽笼罩。漫步于此，看到的只有自己渐渐模糊的身影，听到的只是消逝在风中的自己的脚步声，颇有种被人世抛弃的寂寥之感。

近四五年来，我到郊外散步，就像曾经撰写《晴日木屐》一书时那样，既不是要论证城镇和河川的美景，也不是在探寻古老的寺庙陵寝。而是想把自身沉浸在自己制造出的无常的空

① 赶潮，在海岸边捡贝壳。
② 地名，位于东京都葛饰区。

想之中。希望能找到自己平生内心里所追求的那种景致，以获得哪怕是瞬间的慰藉。即便有人问这是因何、为何，我也不想回答。其实无非就是一种欲望，对寂寞追求不止、无法抑制的一种欲望。

为了实现这种欲望，在市里没有比罕无人迹的引洪渠更合适不过的地方。引洪渠最荒凉的风景，莫过于户田桥两岸那在季风的不断吹拂下，树木、草丛都倒向一个方向的样子。

从户田桥顺着水流向北边的堤坝走一二里，就会到新荒川桥。坐落于堤坝下河滩边的朱漆寺院，从繁茂的松林间高耸起绿色的铜瓦屋顶。这里北近川口町，南邻赤羽町，桥上自行车和汽车往返频繁，不适合我散步。引洪渠的水和荒川的主流以新荒川桥下的水闸为界，各自流经不同的堤坝，或近或远同向东流，到了江北桥南又再次接近。

堤坝南边，从尾久到田端市井相连，沿北岸堤坝而行，旱田和水田间在，茅草屋顶的农家小院和栽着矮树篱笆的美丽古寺散落在杂树林间。梅花暗香浮动，桃花灼灼芬华，不失田园趣味，使周围的风景协调共生。矮竹掩映的路边，树干开裂的老樱花树，三三两两相隔而种。一天，我偶然来到参拜六处佛寺的古道，帮助我确认这里的，正是其中的一棵将要干枯的樱花树。我来到树下，猜想它的树龄，静静地唤起了我曾经来此游玩的记忆。

江北桥北端，公交车相错而过，分别往返于川口和北千住之间以及西新井的大师和王子之间。通往六处佛寺和大师堂的古石路标还在。用苇帘子搭建的茶馆也依然开着张。北面堤坝上的道路分成了高低两条，路边小樱花树随处可见。开往千住的公交走的是下面那条下坡路。只见它时而沿着水流顺堤而下，时而又经过农家的院墙之外和旧道会合。随着渐渐接近西新井桥，旧道再次和引洪渠堤坝路合二为一，等到了桥边就完全不见了踪影。

看到西新井桥的来往行人，就可以想到千住大桥的熙熙攘攘。引洪渠的水和荒川的主流在桥南汇合后，突然改变方向，向北拐去。从千住新桥下面转向东南方，又从堀切桥流出。桥栏杆上写着昭和六年（一九三二）九月竣工。在那之前没有桥，还是重新架起了新桥？这就不得而知了。因为有水阀，所以引洪渠的水就会通过短小的水渠流向隅田川。

我猜想这里的水渠实际上就是以前绫濑川的河床，因为堀切桥的东岸立着菖蒲园的广告。往下游看去，四木桥清晰可见。桥上车流穿行，分外热闹。从四木桥到下游的小松川桥之间，中川的旧流一分为二，一条进入引洪渠后从西岸的堤坝流出，另一条进入别的堤坝，和引洪渠并行南下，最后又交汇在一起。

穿过通往市川的火车铁桥，小松川桥就会出现在眼前。来到小松川桥，凭栏而倚，就会看见船堀桥和行德川水闸塔，那塔已经成了这水闸风景的标志了。从水闸到最后一座桥葛西桥仅不到四公里。

(译者：康小云　杨晓钟)

重游八幡神宫

意料之外的惊喜总是要比期待中的来得更为深刻，这一点，不单是我，于任何人都一样。

一次偶然的机会，我在漫步途中无意造访了位于沙町南部，残存于枯苇丛中的八幡神宫古祠。那种突如其来的惊喜带给人的印象要深刻得多。且是那冬日夕阳西下之时，一切皆被茫茫暮霭所包裹，那种朦胧的美感也是让人难以忘却的原因之一吧。

那日，我从洲崎步行至木场，途中穿过横跨于十间川上的一座新桥，桥栏杆上写有“豊砂桥”三字。桥的那端是广漠无垠的空地，一条新修的水泥路笔直地伸向远方，目光所及之处除却云彩的阴影别无他物。因那日未带地图，我全然不知这条新路会通往何处，但想来定是泄洪渠的堤坝之类，只要到了堤坝，自然是会明确方向。我对陌生的道路反而更来了兴致，于是决定信步而行。

那条路要比市里的昭和大道宽出甚多，两侧虽有人行道，却不见行人，亦不见人家，唯有零星散落的貌似公司的水泥建筑和白铁皮围就的小工厂。因道路两侧空地要低于道路本身，当行进途中突然从侧面横扫过来的一阵风几欲吹走帽子时，让人觉得仿佛走在一条长长的桥上一般。

顺路前行，道路渐渐转为缓坡，来到了一个铁路道口。只见两条铁轨都已锈迹斑斑，似乎很少有火车通过，而且路口也未铺设防护板。我站上铁轨放眼望去，一切尽收眼底。然而看见的并不是大海河川之类，唯有沙漠一般寂寥的空地上到处散落着时密时疏而又杂乱无章的农家平房，那情景让人觉得仿佛是在眺望一个陌生国度的村落。远处隐约可见小名木川的煤气储罐，在相反方向，坐落在村落尽头有一座光秃秃的小山，仿佛孤岛一般矗立在空地上，小山脚下，一条疑似紧急铺设的电车线路蜿蜒而过。定睛一看，就在我脚下的路基下方，有两三间旧木板围成的小屋，一个穿着毛衣的男子正在给马喂草料，旁边一位朝鲜妇女正在洗东西。我一边穿越铁道，一边琢磨着给这片景色起个什么名字。因为以前这里什么也没有，所以既非荒芜也非破败，或许可以叫作弃之不值一顾的风景吧。

水泥路穿过铁道线后，我仍不知最终它会通往何处。因为我原以为很快便能到达荒川泄洪渠的堤坝上，所以稍感疲惫，同时也突然很想知道自己所处的方位。就在这时，路旁破旧的小屋映入了我的眼帘，于是我便朝着那个方向拐入了一条小路。没走多远，便遇到了一条电车线路，经询问路人后得知，左拐不远就是境川，而右拐很快就能到达稻荷神社前的车站。

我对这一带的地理并不熟悉，三十多年前流连于洲崎的烟花柳巷之时曾听说，从城郭大门沿护城河往东，很快便能到砂町的海边。于是信步而去，如今留在脑海里的只有那幅蒹葭苍苍，侧影千帆，天地沙鸥映夕阳的景色。想来就在今日东阳公园前的体育场一带。砂村虽已易名为砂町，但回想往事，终究觉得还是叫砂村町比较好些。

为了弄清楚脚下这条小路的名字，我边走边留意路旁店家的招牌，鳞次栉比的街边平房皆是农家特有的粗柱茅顶，可想而知，过去这里一定是稻浪翻滚、莲叶晃动之地。一些古老人家仍在围篱种些油菜、青葱。正在开凿的一些方形的大水池看来是养鱼用的。

走着走着，前方蓊郁的树木和神社屋顶映入了眼帘。那日从深川町一路走来，还是第一次见那样的古树。道路交错形成十字，南北走向的电车线路的柱子上写着“稻荷前”，下面摆着两把椅子，东边拐角处是警局，旁边立着一个指示牌，上面用油漆写着“砂町海水浴场近道——南砂町青年团”。

回想起来，那天我之所以能偶然造访坐落于枯苇丛中的八幡神宫，大概是因看了那指示牌，未想太多便索道而去的原因吧。眼前这条路好像是近几年才修成的，铺设的砂石有的地方还未被踩实。道路右侧目光所及之处皆是平坦的砂地，直到远处的堤坝挡住视线。左手边一排排的民房中夹杂着寺院、医生的家宅、泥灰墙的杂货铺等。沿其间小道向里探去，只见破旧不堪的白铁皮屋东一家西一户地散落其间，还有正在翻修的出租房，显得寒酸且杂乱无章。孩子们三五成群地在马路上玩耍。拉着空车的马匹看起来很疲惫，耷拉着脑袋，头倚着马夫的后背挪着步子。三三两两的工人骑着自行车，高声攀谈着结队而过……

不久马路上便没了行人，四周一片寂静。我继续前行，来到一片枯苇和杂草遮蔽的空地中，只见道路泾渭分明，延伸向前。眼前到处可见泥水满塘的养鱼池，池塘岸边的田间小道上，一对夫妻模样的男女正在摇车织网。那声音宛如牛虻的聒噪声清晰入耳。周围虽然一片寂静，但却听不到枯苇的摇曳声响，估计是夕阳西下、晚风骤停的缘故吧。一名骑着红色自行车的邮递员似乎是在向那对织网男女问路无果，又折身向来时的方向而去。

不知不觉间，已是黄昏时分。我目送邮递员的背影消失后，远远地终于看到了荒川泄洪渠的堤坝。这时我才发现鱼池边上小屋里的灯光已映亮了窗户，落日的余晖洒在湖面上，波光粼粼地将湖边的枯草映衬得更加鲜亮。忽然，我发现在芦苇丛中立着两三棵巨大的枯松，走近一看，只见枯松扎根于水池之中，树荫下还有一座几近破败的神社以及掩映在灌木丛中的假山。神社的庭院很大，远处乱蓬蓬的枯萎丛中依旧耸立着尚未枯朽的青松。神社虽已没有了围墙，但低矮的堤坝和水渠却挡住了去路，使我无法沿着来路即刻进入神社院内。

我绕过细竹茂密的土埂向前寻路，不久便来到古松耸立的神社大门。这时天已经完全黑了下来，脚下的路也已看不清了，只有从神社人员居住的屋檐倾斜的小屋那破纸窗上透出微弱的灯光。我费尽周折，也没能在神社的院子里找到石碑，只在神殿破旧的柱子上勉强辨认出了“原富岡八幡宫”六个大字。无奈之下，在阵阵松涛声中，我沿着神社大门前唯有的一条弯曲小路，折转踏上了归途。

细竹、枯芒繁茂的路边，坐落着围着篱笆的茅顶农舍和两栋新建的出租屋，我正思忖着把房子盖在这么偏僻的地方怎么会有人来租，不经意间回头却发现一女子边围着披肩边拉开门走了出来。只见她超过疲惫的我，飞快地向前走去。

繁星点点倒映在枯苇丛里的水洼中,我不由得停住了脚步，想要构思一首俳句吟诵此情此景时，发现那个女子的背影已消失在了夜色当中。当我走到稻荷神社前的车站时，发现刚才的那个女子已坐在路灯下的椅子上，从怀中掏出镜子，借着灯光开始补妆。她没有穿大衣，从她身着的和服、短外套以及化妆的样子来看，估计是个城郊咖啡店的女侍，我就像看见了从芦苇丛中嬗变出来的狐狸一般仔细地观察了她许久。

远处传来电车的轰鸣声，不一会儿电车便徐徐驶入了站台。两位身着西服的男子紧跑过来一起登上了车。直到终点洲崎街门，从车窗望出去，沿途除了外面的电杆上的路灯之外，几乎什么也看不到。一下车，城市明亮的灯火以及留声机震耳欲聋的喧嚣迎面袭来，让我恍如隔世。再看那女子，依然快步在前，径直向街门方向拐去。原来她既非狐仙亦非女侍，更像是节假日外出的娼妓吧。我一边琢磨着去哪吃晚饭，一边上了公共电车。

大约一年后，当我重游八幡神宫古祠时，旧殿早已修葺一新，也几乎没有了暮霭朦胧中的荒废情趣。世态变迁，不光是繁华的城市，连这些偏僻之地也未能幸免。不由得感慨，作此文只为记忆那最初的印象。时值昭和九年冬末十二月十五日。

读者亦可参阅《江户名所图汇》、《葛西志》以及风景画报《东京近郊名所图汇》等，其中皆有对原八幡神宫的详细记载。

甲戌（一九三四）十二月十五日记

(译者：魏丽君　杨晓钟)

隅田川（节选）

俳谐师松风庵罗月有个妹妹在今户，以教授净琉璃为生，是个常盘津派的师傅。今年盂兰盆节期间罗月没有去看她，因此每天惦念着这件事。盛夏正午时分出不了门，到了傍晚，罗月又总是先要在竹墙边种着牵牛花的后门冲个凉，再裸着身子小酌几杯才肯离开饭桌。不知不觉中暮色已伴着家家户户燃起的熏蚊虫的烟雾拢了上来，路上的木屐声、工匠的歌声、人们的说话声熙熙攘攘地挤进排满盆栽的窗扇。在老婆阿泷的催促下，罗月这才起身准备出门去今户。可是没走出几步，只要有人从凉台上一搭话，他马上就坐下，滔滔不绝地聊了起来。每晚就这样漫无边际地聊了过去，总也没去成。

刚觉得一早一晚有些凉快的时候，日头也就短了起来，牵牛花也越开越小。当像燃烧着的火焰似的夕阳照进狭窄的屋内时，知了的叫声便更急促地传入耳中。八月不知不觉已过去了一半，夜间，阵风从屋子后面的玉米地刮过时发出的声响常使人误认为是下雨的声音。罗月年轻时纵情玩乐身子落下了病根，一到季节变化之时全身关节疼痛，因而总比一般人先感知秋天的来临。只要想到已是秋天，他就会莫名其妙地焦躁起来。

八日傍晚，罗月突然着急起来。洁白的月亮高高悬挂在布满晚霞的天空时，他离开小梅瓦町的住处，径直朝今户走去。

沿着水渠从纤夫们走的小道向左拐，有一条迂回曲折的只有本地人才知道的小路。这条小路绕过三围稻荷神社，直通堤坝。小路的两边填埋水田形成的空地上，有新建起来但还没有人住的一排排狭长的房屋。还有室外摆放着点景石、栽种着花草树木的深宅大院，也有乡村茅舍模样的人家稀稀疏疏地分布着。偶尔透过那些人家的篱笆墙可以看到在月光下冲凉的女人，上了年纪却秉性难改的罗月总是会停下来偷偷瞄上几眼，不过大都不是美貌的，罗月便没了兴致，转身快步离开。一路上看到写着“出售土地、出租房屋”的招牌，罗月心里便盘算着如果自己也能不劳而获、发大财就好了。然而，毕竟是俳句诗人，行走在田边小路上，望见散落水田间绚丽盛开的荷花、听到晚风吹拂下碧翠稻叶的沙沙声，罗月顿时将金钱之事抛诸脑后，回味起记忆中的古人名句，觉得这才是真正妙不可言的东西。

登上堤坝时，长出嫩叶的樱花树下已经略显昏暗，河水对面的人家透出来点点灯光。一阵河风又落了一层枯萎了的樱叶。由于不停地步行，罗月很热，他舒了口气，解开衣衫，用扇子打凉。迎面可一眼望到待乳山，山下隅田川河面风起，帆影摇曳。随着黄昏的降临，水面上海鸥的羽色看上去分外洁白。眼见这番景致，尽管季节不同，罗月师傅还是想起一首俳句：“无酒赏樱有何兴”，忽然起了喝上一杯的念头。看到不远处歇脚的茶馆尚未打烊，他急忙走过去坐下说：“老板娘，来杯凉酒。”

茶馆老板娘用厚沿儿高底的酒杯端来一杯凉酒。罗月将它一饮而尽，随之上了伐竹人的摆渡船。行驶到河中心，随着船的摇摆，罗月感到酒劲渐渐上了头。此时，樱花的叶子上映射的月光显得格外清凉。河水因涨潮充盈着河床，像流行歌曲里唱的“勇往直前”那般欢快地流淌着。罗月师傅惬意地闭上眼睛独自哼着小曲。

罗月刚到河对岸，忽然想起应该买点见面礼，于是赶紧找了家点心店买了点礼物。过了今户桥，是一条笔直的路。罗月此时脚下打飘，不过他自己并没有察觉。

这是一条偏僻地区随处可见的小巷，路边是一排排低矮的房屋，只有前面两三家卖今户烧（今户陶器）的店铺，看起来还有点特色。人们在屋檐下或巷子口聊天乘凉，他们的浴衣在昏暗的门灯照耀下显得格外洁白。周围寂静无声，不知从哪传来阵阵狗吠声和婴儿的哭声。今户八幡神社里高耸的树丛在繁星满天的夜空下显得格外茂密。罗月走到这里，便很快在一排排门灯中找到了妹妹家的灯，上面用勘亭流字体写着“常磐津文字丰”。家门前的路上站立着两三个人，正在倾听演奏的净琉璃。

这间屋子约有八张榻榻米大小。天花板上吊着的一盏昏暗的煤油灯，灯芯只有六分长。老鼠不时地在天花板上窜动发出可怕的声响，日式拉门上到处用宝丹广告和报纸新年附录上的美女画遮挡着破损处，陈旧的衣橱已然泛黄，老旧的墙壁上还遗留有雨水的痕迹。走廊上芦苇做的挡板已经破破烂烂，黑暗中小小的庭院几乎看不清。屋檐下的风铃发出孤寂的声响，虫儿的叫声也显得格外幽静。壁龛上摆放着供奉神灵的盆花，挂着不动佛的画像。妹妹阿丰端坐在壁龛前，膝盖上摆放着一把三味线琴，正在教授常磐津。她不时地用橡木拨子拢拢刘海儿，时唱时弹。摊放着练习谱的桐木小桌对面坐着一位三十岁左右的商人模样的男子。男子和着三弦，用男中音学唱着净琉璃曲目《小稻半兵卫》中情人私奔那一段："什么也别说了，哥哥哟，如今和妹妹陷入这无以言表的恋情之中。"

罗月在不远的廊上坐着等妹妹下课。因为刚才喝的凉酒尚未全醒，他摇着扇子，一会儿情不自禁地和正在练习的男子一起吟唱，一会儿又不时地闭上眼睛，毫无顾忌地打个酒嗝儿。他轻轻地左右摇晃着身体，从远处漫不经心地眺望着阿丰的脸庞。阿丰已经四十多岁了，在昏黄的油灯下，她那瘦小的身体显得愈加的苍老。忽然间，罗月想到妹妹也曾是上好当铺家可爱的深闺小姐时，不由得感到悲楚凄凉，现实令罗月感慨万千。自己当年也是那么年轻帅气，惹女人喜爱，却因只顾玩乐，最终落到和家里断绝关系的下场。如今，当年的往事恍如梦境一般。用算盘砸自己脑袋的父亲也罢，哭着劝说自己的忠心耿耿的管家也罢，独立开分店的妹夫也罢，他们也曾时悲时喜、时笑时泣，也曾不知疲倦地挥汗辛勤工作，可如今全都故去了。无论他们是否来过这个世界，结局似乎没什么不同。自己和阿丰活着的时候，他们还会留在我们的记忆之中，不久之后我们俩也会死去，到那时一切的一切都将化作烟雾，消失殆尽。

“哥哥，本来我就打算这两三天去看哥哥的。”阿丰突然说道。

那个学唱的男子在《小稻半兵卫》之后又练了两三遍净琉璃曲目《妻八郎兵卫》，才回去。

罗月听到妹妹说话，煞有介事地换了个坐姿。

“其实呀，其实呀，”阿丰重复了好几遍才继续说：“因为市区整改，位于驹入的寺庙就要拆除了。所以四五天前寺庙派人过来询问，到底是把父亲的墓移到谷中、染井还是其他的地方。我就想着这几天去与你商量这事怎么办呢。”

“原来是这么回事啊，”罗月点头说道，“这事不能不管！不过，父亲去世几年来着？”

罗月有些记不清了，歪着头想着。阿丰却依旧滔滔不绝地说着染井那边的墓地一坪要多少钱及如何答谢寺庙之类的事。阿丰觉得自己一个女人在这些事情上不好出面，想让罗月将一切事情承担下来。

罗月原本是小石川表町“相模”当铺的继承人，因被父亲赶出家门，早早地就放弃了家业。一直不肯原谅他的父亲去世后，娶了妹妹的店掌柜正式继承了当铺的生意。后来，明治维新，世道变迁，家运不济，又祸不单行遭受了火灾，当铺自此关张。无奈之下，热衷诗词歌赋的罗月靠俳句诗歌为计，而妹妹阿丰遭遇丧夫等不幸后，也只能以一技之长谋生，教起了常磐津。阿丰有一个十八岁的儿子，这位半途沦落的母亲把人生唯一的指望放在独生子长吉的身上。她深知商人随时可能遭遇破产，因此缩衣节食也要让儿子上大学，希望儿子将来有出息，能过上有稳定薪酬的日子。

罗月一边喝着凉茶，一边问道："长吉最近怎么样？"

马上，妹妹很是得意地回答道："他呀，学校放暑假了。因为不能总让他玩，晚上在东京上补习班呢。"

"所以会晚一些回来吧。"

"嗯，一般都到十点多了。不过，好在还有公交车。确实很远呢。"

"现在的年轻人和我们这一代不一样，真能干！"罗月停了一下，又接着说，"长吉应该在上中学吧，我也没有小孩，所以一点都不了解现在学校的事。上大学还得几年吧。"罗月问道。

"明年毕业就考试。不过，在上大学之前还要上一个什么的。"妹妹想一下子跟罗月解释清楚，可她毕竟是不谙世事的女子，心里急，一会就说得混乱起来。

"花费估计少不了吧。"

"确实花费不少。每月交一元的补课费，每考一次试至少要交二到三元，冬夏还要买两套西服，一年还得买两双鞋。"

阿丰说得起劲，也许是想要把自己的辛苦全部倾诉出来吧，她不由得提高了嗓音。听妹妹这么说，罗月觉得既然这么辛苦，那么即便不上大学，长吉应该也可以找到适合他身份的立身之道。不过，这话不敢随便说出来。罗月想转换一个话题，于是不由得想到了阿丝姑娘。阿丝是长吉从小的竹马之友，是煎饼店家的女儿。以前罗月每次来妹妹家时，总要带着外甥长吉和她一起去深山或佐竹的空地去看杂技表演。

“长吉都十八岁了，和长吉一起玩耍的女孩应该也长成大姑娘了吧。她还来练琴吗？”罗月问道。

“我这里是不来了，她现在每天到前面的杵屋去学三弦曲呢。说不定马上就要去当艺伎了呢……”妹妹若有所思地停了下来。

“去当艺伎呀。那孩子可真了不起。小的时候她就特别能说会道，是个好姑娘啊。今晚她要是来玩就好了。对吧，阿丰。”罗月突然精神起来，但是阿丰“砰”地敲了敲长烟管，说道：“跟以前不一样了。现在的长吉正是学习的关键时候……”

“哈哈哈！你是说不能出差错是吧。有道理，这种事可马虎不得呀！”

“太对了，哥哥。”阿丰迫不及待地说，“也许是我想歪了,不过长吉的情形还真叫我担心呢。”

“所以呀，这不是让不让说的问题。”罗月用拳头轻轻地敲打着膝盖，也不知该如何劝妹妹。妹妹阿丰不知怎的非常担心长吉和阿丝。

她一口气不歇地继续说道：阿丝每天早上学完三弦，有事没事都会来一趟，而长吉好像也在等她，到那个钟点就守在窗边，一步都不离开。不仅如此，有一次阿丝生病卧床十天，那段时间长吉整天呆头呆脑魂不守舍的。

刚说到这儿，隔壁房间里的钟敲响了九下，格子门突然哗啦一声被打开了。这种开门的声音，阿丰一听就知道是长吉回来了。她赶紧打住话头，回头看去，说道：

“今晚回来的好早啊。”

“老师生病了，提前一个小时放学。”

“小梅町的舅舅来了。”

没有听到长吉回答，从隔壁传来了扔书包的声音。紧接着，从纸拉门那边探过长吉那温顺、柔弱、白皙的脸庞。

残暑的夕阳比盛夏的烈日更毒辣地烘烤着宽阔的河面，映照在用油漆漆得雪白的大学船库的板墙上更加刺眼。初秋黄昏时分，夜色袭来犹如帷幕落下般迅疾，四下很快就变得了昏暗起来，仿佛一下子灯光全都消失了似的。只有行驶在涨满晚潮的河面上的货船风帆显得格外洁白。流动的河面上波光粼粼，摆渡船上的人影被染成了黑色，宛如一幅水墨画。河堤上绵延着一排排茂密的樱树，从这边岸上望去一片漆黑。刚才还连绵不断的货船不知何时完全消失在上游方向，只剩下打鱼归来的小船，星星点点漂在河面。一望无际的隅田川上又恢复了昔日的寂静。天边的云峰像是不舍得夏天离去般涌动着，闪电像裂痕般划裂天空，然后又迅速消失于云端。

打刚才起，长吉就独自呆呆地眺望从日落到黄昏、黄昏变黑夜的河边景色。他一会儿凭倚今户桥，一会儿从岸堤下到渡口的栈桥。他和阿丝约好了，今晚天蒙蒙黑的时候在今户桥上相会。可是今天恰巧是个星期天，长吉不能打着去夜校的幌子出门，所以刚吃完晚饭，太阳还没落山就赶紧从家跑了出来。刚才通往渡口的路上还是行人匆匆络绎不绝，现在几乎没有了人影。庆养寺里高大的树木倒映在水中，那桥下泊夜的货船上的灯火也摇曳在这水中，美不胜收。三味线的弹奏声从门前栽着柳树的二层新楼房传出，傍水的低矮小屋的男主人裸露着身体出来纳凉了。长吉心想：她也该来了吧，于是专注地望着桥对面。

最初从桥那边走过的是一位穿着黑麻僧衣的和尚，接着是一位承包商模样的男子，他穿着紧腿裤和胶鞋，酷酷地将后衣襟撩起掖在裤带上。过了一阵儿，又有一个拎着布雨伞和小包袱的穷妇人粗鲁地踢踏着矮齿木屐大步流星地走了过去。之后，再等也没有人经过了。长吉无奈地把疲惫的双眼移到河面上。这时的河面整个都变得明亮起来，涌动的云峰消失得无影无踪。今晚的月亮应该是七月中旬的满月吧，圆圆的月亮略泛红光，爬上了长命寺边河堤上的树丛。天空被映照得如镜般明亮，堤坝和树丛被背后的月光衬得越发显得漆黑。天空中只有那颗太白星依稀可见，其他星星均被明亮的夜空藏匿了起来。天边那条如丝带般长长的浮云间透出耀眼的银光。很快那轮圆月便离开了树丛升上天空，于是岸上沾满夜露的瓦房屋顶，以及被水打湿的木桩、被涨潮的河水冲到石墙下的水藻碎片，还有船身和竹竿都披上了皎白的月光。长吉映在桥面上的影子也越来越清晰。恰巧此时又有一对卖唱的男女路过，他们说着“你看，月亮”，驻足观赏了一会，便向山谷渠岸边走去。这二人走到岸边成排的小屋前若有所指般地开始唱道：“书生靠着桥栏杆呀——”不过，也许是意识到没人会给钱吧，两人没唱完就步伐匆匆地向吉原堤坝方向走去。

除了一般幽会恋人常体会到的各种担心与苦等时的焦虑之外，长吉此时不知为什么还感到一丝悲哀：阿丝和自己还有没有未来？甚至他都不知道今晚过后明天会怎样？今晚阿丝要去早就联系好的葭町的艺伎屋谈事，所以约好长吉送她去，路上可以边走边聊。一想到阿丝要是真的成了艺伎，他们就再也不能像之前那样天天见面了，长吉感到万事皆休，仿佛阿丝去的是一个自己完全陌生的遥远的国度，再也不回来了。“我要将今晚的月亮铭刻心头，今生今世恐怕再也看不到这样的月亮了”，长吉百感交集，所有的记忆一幕幕如闪电般划过心头——最初他们一起在农村上小学，每天一起玩耍打闹，以至于被大家在附近的板墙和仓库土墙上画他俩持伞合欢的画儿，打趣儿他们；他们还一起跟着从小梅町来的舅舅去奥山看杂耍、给池塘里的鲤鱼喂食儿。

阿丝有一年还在三社祭的花车上表演了道成寺舞。每年农历三月三全镇人一起去赶海，阿丝经常会在去的船上跳舞。放学回家的路上，两人几乎每天都在待乳山寺庙内碰头，然后一起漫步于很少有人知道的山谷的背街、吉原田圃。哎！阿丝为什么要去当艺伎呢！长吉很想阻止她，但每当他下定决心力阻阿丝时，又觉得自己根本没有权利那样做。这让他感到无比的绝望、无助。阿丝今年十六岁，比长吉小两岁，但长吉觉得如今阿丝越发像姐姐了。其实，一直以来阿丝就比他强大，不像他那样胆小。当初有人在墙上画他俩持伞合欢的画儿，遭大家取笑时，淡定地大喊“长吉就是我的丈夫”，丝毫没有退缩的是阿丝；去年首先提出放学后在待乳山会面的也是阿丝；建议一起去浅草公园站着看（宫户座）戏的还是阿丝；回家晚的时候，反倒是阿丝不担心；迷路了，阿丝会说走到哪算哪吧，遇到警察问问就行了，反而会兴致勃勃地疾行起来。

这时，突然桥上传来了薄板木屐嗒嗒嗒的声音，阿丝一路小跑来到了长吉的身边。

“等急了吧，都怪妈妈总也梳不好我的头。”阿丝边拢着因奔跑显得更蓬松的鬓发边说道，“头发看着怪不？”

长吉没有回答，只是睁大双眼，就那么看着阿丝的面庞。阿丝依旧是那么充满活力、活泼开朗，但此时这却令长吉感到厌恶。眼看就要到遥远的葭町去做艺伎了，两个人也要就此分开了，难道一点都不觉得伤心吗？长吉很想开口问她，心里有千言万语，却一句也说不出口。阿丝不光丝毫没有体会长吉的心情，甚至连今晚那轮照耀着河面的皎洁如玉的月光也完全没有看到一般，径直说道：“快走吧！我可是有钱人哦，今晚。一会儿要到仲店去买礼物呢。”说着便急匆匆向前走去。

“明儿，你一准儿回来吗？”长吉磕磕巴巴地开口问道。

“明天回不来的话，后天早上一定会回来的，我还要把平时穿的衣服和很多杂七杂八的东西都带去呢。”

两人穿过狭窄的巷子，沿着待乳山的山麓，朝圣天町的方向走去。

“干吗不吱声呀，怎么了？”

“你后天回来以后，还要再去的吧？今后你就成了那里的人了，再也见不到了吧。”

“我会常回来玩的。不过，我也得好好在那里努力学艺呀。”

她的语气稍显悲愁，但与长吉渴望看到的那种哀伤，依旧相去甚远。过了一会，长吉又突然问道

“你为什么要去做艺伎呢？“

“怎么又问这个啊，你真是的。”

阿丝把这个已经絮絮叨叨地不知跟长吉说过多少遍的问题又重复了一遍。阿丝要去当艺伎这件事，长吉早在两三年前，甚至更早些的时候便知道了。那时阿丝做木匠的父亲还活着，她母亲给人做点针线活贴补家用。有一家住在桥场那里的老主顾家的姨太太见过阿丝后就想认阿丝做干女儿，这位姨太太的娘家在葭町开了一家气派的艺伎馆，说将来一定可以把她打造成一名出色的艺伎。阿丝当艺伎这件事就是这么说起的。不过，当时阿丝家不是那么困难，最主要是父母舍不得让这么可爱的孩子离开身边，便决定还是先将她留在身边学艺。后来阿丝的父亲死了，无依无靠的母亲借助这位桥场夫人之力才开了家煎饼店。这样一来，不仅仅是金钱方面的问题，还有对方的恩情在内，于是阿丝去葭町这件事就自然而然被定了下来。当然，长吉并不是想要听阿丝讲这些他已经了如指掌的事情。而是想从阿丝的话语里听到哪怕是一点点的即将分开时的不舍。但是，他和阿丝之间不知何时起已不再那么默契了。想到这儿，长吉更加难过了。

过了仁王门来到仲店买礼品时，悲伤蔓延，长吉心里更

加难受。傍晚出来纳凉的熙熙攘攘的人群中，阿丝突然停下来拽了拽身边长吉的袖子，“长吉快看，我很快也要打扮成那样了，那件和服短褂肯定是绉绸（织出稀疏网纹的薄丝织品）的……”

长吉顺着阿丝指的方向回头望去，只见一位梳着岛田髻（注：日本妇女发型之一，多为未婚女子梳）的艺伎和一位穿着黑绸衣衫的体面绅士并肩走着。阿丝做了艺伎的话，牵着她的手一起走的想必也是那样的绅士吧。不知何年自己才能成为那样的绅士。长吉看到自己一介布衣书生模样，不觉自惭形秽。不要说是将来了，就算是现在他觉得自己也不配和天真可爱的阿丝做朋友了。

那挂满灯笼的艺伎街口眼看就要到了，长吉此时连失落、悲伤的力气都没有了，只是两眼直勾勾地望着那条狭窄昏暗、不知蜿蜒到何处的胡同深处。

“啊，那边一、二、三……第四个亮灯的地方，写着松叶店，就是那家。”阿丝指着不远处廊前亮灯的地方说道。因为跟着桥场夫人来过几次，自己也受差遣来过，所以阿丝十分熟悉。

“那，我就回去了。已经到了……” 长吉只是嘴上这么说着，却一直站着不动。阿丝轻轻地拽着长吉的衣袖，突然靠近长吉讨好地说道：“我明天或后天回来时咱们一定要见哦。好不？一定啊，我们说好了。你一定要来我家啊，好不好呀？”

“嗯。”

听到长吉答应了，阿丝便不再担心什么，转身头也不回地匆忙走了。木屐在下水沟盖上发出嗒嗒嗒急促的声响，那脚步声在长吉听来像是迫不及待地要奔去一般。很快，就听到格子门打开时那清脆的铃声。长吉不由得想跟进去看看，可是此时巷口第一家的门伴着说话声被打开，一个手提细长灯笼的男子走了出来。长吉胆怯起来，又讨厌被人看见，便一溜烟地跑到了大马路上。月光皎洁如水，圆圆的月亮小了许多，静静地升到背街仓库房顶的上方，高高地挂在繁星中央。

(译者：曹珺红)